サミュエル・ジョンソン

その多様なる世界

サウンディングズ英語英米文学会 編
小林章夫 監修

金星堂

本書は金子洋一記念基金の助成により出版される。

金子洋一記念基金：
2007年9月に逝去した会員の金子洋一氏の功績を偲び、サウンディングズ英語英米文学会へのご遺族からのご寄付を基金として、これを当学会の発展のために資することを目的とし、同時に金子氏の遺徳を顕彰するものである。

まえがき

　2009年はサミュエル・ジョンソンの生誕300年にあたり、海外ではこれにちなんでいろいろなイヴェントがあったし、ジョンソンを扱った書物の出版もかなり盛んにおこなわれた。
　しかし日本ではあまり大きく取り上げられることがなかったのも、残念ながら事実である。もちろんジョンソン関連の書物は何冊か出たし、学会でもジョンソンをめぐるシンポジウムなどがおこなわれてはいたが、一般的なレヴェルでこの人物の話題が語られることはほとんどなかった。しばしば「英文学」の巨人として取り上げられ、イギリスでは、ざわざわと騒がしい会場でも、「ジョンソン曰く」と誰かが言えば、しんと静まりかえる、などという伝説がある人物にしては、いささか淋しい状況かも知れない。
　だが、そもそも英文学なるものが人気がなくなりつつある今日では、これも致し方のないことと言えるだろうか。英文学科の学生でも、ジョンソンの書いたものはもちろん、その名前すら知らないのが現状だからである。一昔前の英文学者が聞けば、怒髪天を衝くか、切歯扼腕、あるいは絶望の溜息を漏らすのかも知れないが、時代の流れが速いことには抗す術もあるまい。
　そんな中で、このような論文集を出すのは無謀のそしりを免れないだろうが、上智大学英文学科、あるいは大学院英米文学専攻出身の人間を見渡してみると、大なり小なり、サミュエル・ジョンソンと接点のある研究をしている人物がかなりいて、それならば彼らを結集して論文集を編むのも一興ではないか、あるいはやや大仰な言を吐くならば、現代日本の英文学界に一石を投じるのも意味あることではないかと考えて、本書を世に出そうとするのである。

ここで考えてみると、サミュエル・ジョンソンの名前は英文学史上では大きく轟いているものの、さてでは彼の功績はどこにあるのかに関しては、少々はっきりしないのも事実なのだ。なるほど、かの英語辞典編纂は彼の第1の功績として誰もが数え上げるだろうが、それではほかにどのようなことをしたのか、あるいはいかなる作品を世に送り出したのかと考えたとき、これだという決定打はなかなか見つからないのではないか。
　確かに『ラセラス』なる、一風変わった小説らしきものはある。あるいは晩年の著作として、浩瀚な『イギリス詩人伝』を挙げることができるかも知れない。詩人としては『人間の欲望のむなしさ』を代表作としてもいいだろう。さらには『スコットランド西方諸島の旅』という、これまた奇妙な旅行記もある。シェイクスピア作品の編者としても、そこそこに名前は通っている。
　しかしながら彼の名前がもし今日に伝えられているとすれば、その大きな理由は彼の残した言葉、「ロンドンに飽きた人間は、人生に飽きた人間だ」とか、「結婚は多くの悩みを生み出すが、独身は何の喜びも生み出さない」とか、「愛国心は悪党が最後に逃げ込む場所だ」といった、いわゆる気の利いた格言らしきものを口にした人間として、あるいはその言動が弟子の手でつぶさに記録されたことによるのではないだろうか。
　実際、ジョンソンは中年期に至るまでは、新聞、雑誌の類に短い記事を次々に書き散らかして、何とか糊口をしのいできた人物だったのであり、彼が後世に残した文章の多くはその手のものだったのである。下手をすれば、同時代に数多くいた三文文士として、ほとんど知られることがないままに一生を終えていたのかも知れないのだ。
　だが、代表作は何か悩むとしても、その後半生には優れた作品も書き残したし、何よりもその文学的判断力は多くの人々に影響を与え、あるいは強い反発を買う存在であったのも事実なのである。
　本書の構想はおよそ2年ほど前に生まれたが、具体的には2009年10月におこなわれたサウンディングズ英語英米文学会でのサミュエル・ジョンソンをめぐるシンポジウム「サミュエル・ジョンソン──その多様なる世界」を起点として、その折に発表をおこなった方々に、何らかの意味でジョンソンに近い時代、あるいは分野を研究している人々を加えて、改めて論考をお寄せいただいた。厚く御礼申し上げる。

なお、本書の出版にあたっては、故金子洋一氏のご遺族からお寄せいただいた基金の援助を得ているが、このことに関してもご遺族に改めてお礼を申し上げたい。それにしても金子氏が元気であれば、優れた論考がもう一つ加わっていたのにと、残念に思う。
　最後になったが、金星堂の佐藤求太さんには編集その他でご尽力賜ったことに、感謝する次第である。

2010年8月　　小林章夫

目　次

第1章
ジョンソンのジャーナリスト的側面……………（藤井　哲）9

第2章
ジョンソンと近代小説
　小説、ロマンス、そして『女キホーテ』を手がかりに……（土井良子）32

第3章
フィクションとしての『スコットランド西方諸島の旅』
　大英帝国と尚武の精神 ……………………………（浦口理麻）47

第4章
ジョンソンの政治学
　愛国心と二大政党 ………………………………（中島　渉）64

第5章
ジョンソン英文典における統語論の扱いと
　その先見性 ………………………………………（池田　真）84

第6章
ささやかな修正規範主義宣言
　ジョンソン『英語辞典』の珍妙な定義が示すもの ……（下永裕基）94

第7章
ジョンソンとシェイクスピア ……………………（杉木良明）119

第8章
『イギリス詩人伝』
　スコットランドとの戦い ………………………（小林章夫）133

索引 …………………………………………………………… 144

第1章

ジョンソンのジャーナリスト的側面

藤井　哲

＜ジャーナリズムの申し子＞

　サミュエル・ジョンソンの父親マイケルはリッチフィールド（Lichfield）の書籍商で、地元ではひとかどの知識人で通っていた。当時書籍商は古書も扱っていたから、自宅兼店舗にはマイケルが買い入れた本が無造作に置かれていた。ちょっとした本ならば職人一週間の賃金ほどに高かった時代に、息子ジョンソンはいながらにして、シェイクスピアを始めとする古今の名著を読み散らすことを許される境遇に生まれ合わせた。将来の文豪たるにふさわしい資質と記憶力に恵まれた彼は、幼くして書物の感触に親しみ、書物の本質を瞬時にして見極める眼力を養いながら、あらゆる領域の知識をいわば自前で仕込むことができた。そのためクリフォードなどは、ジョンソンの伝記に「本屋の息子」（'The Bookseller's Boy'）の章を設けたくらいである（Clifford, 61-76）。17歳頃に家業を2年ほど手伝ったジョンソンは、印刷や製本についての手ほどきを受けたようで、業界の商慣行にも通じるようになっていた。[1] つまり彼は広義のジャーナリズムの世界、すなわち出版界に直結している環境に身を置いて、将来文筆家として大成していくための準備期間を郷里で過ごすことになったのである。

　18世紀になるとイギリスでは識字率が上昇し始め、商工業の発達とともに存在感を増しつつあった新興市民階級が読者層の多数派となっていった。彼等は堅苦しい伝統や予備知識にわずらわされずに楽しめる文章を求めたので、上流階級が文筆家を支援するというパトロン制度は相対的に後退していき、単価が手頃な定期刊行物、つまり狭義のジャーナリズムの業

界が活況を呈し始めていた。そうしたブームのきっかけとなった1711～12年の『スペクテイター』などは、3,000部は売れ、それぞれが20人で回し読みされていると見積もられたり、1731年の創刊以来1914年まで長寿を保った『紳士雑誌』が、ジョンソンの編集により10,000～15,000部も売り上げたり、創刊早々の『淑女雑誌』が1749年に7,000～8,000部も売れて、女性読者という市場の可能性をうかがわせていた。こうした読者層の急速な拡大を背景に、幾百もの紙誌が入れ替わり立ち替わり創刊されようとしたタイミングで文筆業に飛び込むことになったのであるから、ジョンソンは生育環境、資質、社会的情勢のいずれにも恵まれた、まぎれもなくジャーナリズムの申し子であった。本稿がその研究成果に多くを負っているグリーンなども、ジョンソンを規定しようとして、批評家、辞書編纂者、随筆家、伝記作家、詩人のいずれの枠にも収まりきらない彼を「偉大なるジャーナリスト」と呼ばざるを得なかったが、なるほどとうなずけるのである（Greene ⑥, 88）。

　そんなジョンソンが23歳にして初めて原稿料を稼いだ先は、ボズウェルの伝えるところでは、『バーミンガム・ジャーナル』という地元近くの地方紙で、彼は数編の随筆を執筆していたようである。[2] 上京してからは、10誌にあまる定期刊行物に幾百編となく記事を寄せることになるが、それらのテキストが整備されていないせいか、ジョンソン研究者たちは往々にして彼のジャーナリストとしての文章を敬遠する傾向にあるようだ。それで『イギリス詩人伝』にしても、たいていの英文学史は文筆活動の集大成と称揚するが、収録された52詩人伝中の「サヴェッジ伝」、「ロスコモン伝」、「コリンズ伝」が、それぞれ1744、48、63年にジョンソンがジャーナリストとして発表していた文章の転用であったことにはあまり触れない。しかも、随筆誌『ランブラー』第60号や、『アイドラー』第84号などで伝記文学の意義を説いていた彼であったから、詩人ではない人物の伝記も当然のことながら書いていた。したがって『イギリス詩人伝』のような文学史の表街道を闊歩する作品にのみ眼を奪われていると、彼のジャーナリストとしての面が視界からはずれてしまい、18世紀の文壇に君臨したジョンソンという大御所の全体像を捉え損なうことになるであろう。

　そこで、ジャーナリズムの世界に見え隠れするジョンソンの姿を捉える手始めとして、彼がどういう形態の出版物に関わったか、手掛けた主題が

いかなる領域におよんだかについて見ておこう。例えば彼が伝記類を寄稿した先であるが、この領域ではとてもハンディーな『ジョンソン博士による初期伝記集』（Fleeman ①）をひもといてみると、上述の3詩人に加えて、プロイセンのフリドリッヒ大王、『紳士雑誌』の経営者ケイヴ、孔子、ドレイク提督、ブレイク提督のほか、文筆家、宗教家、医師など27名の伝記が、半世紀近い執筆活動期間から集められている。この30編の掲載先を見ると、『紳士雑誌』には1738〜84年に、1751年に『ステューデント』、1756〜57年に『文芸雑誌』、あるいは1769年にも『ロンドン・クロニクル』と、定期刊行物への記事であったり、『ブレイク伝』、『シドナム作品集』、『サヴェッジ伝』、『キリスト教倫理』、『アスカム英語作品集』、『ポエティカル・カレンダー』のような単行書の一部になっていることもあり、『医学辞典』、『英国人名辞典』ための項目もあったりと、出版形態が一様でなかったことが察せられる。

　掲載先ばかりでなく、主題の多様さでもジャーナリスト・ジョンソンの健筆ぶりには驚かされる。雑編的作品のキャノン[3]化に取り組んできたブラックの分類（Brack ②, 248）によると、ジョンソンが手がけた散文は、伝記の他に、随筆、追悼文、物語、説教、議会演説、翻訳、単行書の部分執筆、序論、まえがき、あとがき、企画書、献辞、広告文、選挙演説、法律論、消息欄、書評（科学、数学、技術、政治、法律、経済、歴史、旅行、神学、建築、暗号術、遊技、文学、言語に関する出版物について）におよぶそうである。ジョンソン自身の関心の幅の広さもさることながら、やはり何といっても、生活費を稼ぎ出すという差し迫った事情があったので、ホーキンズも推測するように（Hawkins, 53）、それが宗教的・政治的信条に反さない限り、主題の選り好みなどはしていられなかったし、またそれらを手広くこなすだけの能力がジョンソンには備わっていたということであろう。

　そんなふうにして、売文の徒としての日々を重ねるうちに、人間の営為のあらゆる領域に対して「記事に使えそうな」情報を嗅ぎ分ける鼻が利くようになり、そうした情報から読者にアピールする文章をひねり出す小器用さも身につき、ジャーナリスト根性もたくましくなり、新聞・雑誌に重宝がられる書き手になっていった（Greene ⑤, 69）。その結果、彼の筆はさまざまな掲載先において、脈絡もないままに雑多な主題について揮われ

ることになった。しかも、著名作家の中でもジョンソンをしのぐ速筆家は過去3世紀いないであろうとベイトをして評させたほどであるから（Bate, xxv）、半世紀間の彼の筆の跡をつまびらかにする作業は並大抵ではない。確かに探索への努力は2世紀以上にわたって継続され、成果が蓄積されてきてはいるものの、ジャーナリストとしてのジョンソンの文業を含めた包括的なキャノンが、今後に確定する見通しはなかなか立ちにくいようだ。

＜ジョンソンのジャーナリズム観＞

　文士を志して無一文でロンドンに出てきた無名のジョンソンにとって、頼れるのは筆一本だけであった。そんな彼が活路を求めて飛び込んだ先は、手っ取り早く生活費が稼げて多少の継続性も期待できそうな、しかし常に締め切りに追われながらの執筆が求められる、当時創刊ラッシュに沸いていた定期刊行物の業界であった。後年ボズウェルに向って「間抜けでもない限り報酬のため以外には書いたりしないものさ」と述懐したように（1776年4月5日の記述。Boswell, vol. III, 19）、ジョンソンが十数誌に数百編を書き散らしたのは、とにもかくにも生活費を稼ぐためであった。そうこうしながら1730〜50年代にジャーナリストとしての経験を積むうちに、ジャーナリズムについては彼なりの見識も定まるようになり、業界にも理論家・実践家として知られるようになっていった。評判が評判を呼び、新規参入の定期刊行物から、創刊にあたってのマニフェストを執筆するよう依頼されたのも、一度や二度にとどまらなかった。

　そうした一例として、ジョンソンが『アイドラー』の連載を予定していた週刊誌『ユニヴァーサル・クロニクル』の創刊号（1758）のために、「ジャーナリストの心得」（Greene ⑦, 544-46）という記事を執筆しているが[4]、そこからジャーナリズムに対する彼の姿勢を読み取ることができる。すなわち、ジャーナリストは後世に業績を残せるような立派な歴史家ではないが、一時的にせよ世論に影響をおよぼし得る立場にあるので、歴史家同様に真実を語る義務を負っている。しかし迅速な報道という使命もまた帯びているために、裏付けが不十分なまま不確かな伝聞に惑わされることがあるかもしれない。ゆえにジャーナリストの心得は、視野を広く保ち、判断をか

たよらせず、欺瞞(ぎまん)に耳を貸さないことである。誤報を犯したとわかったら、迷うことなく改めるべきである。そして教育の機会に恵まれない読者にも社会の動きを理解できるよう、懇切にして簡潔な記事を提供するべきである。このような方向性がジョンソンによって示されていたことがわかる。

『ランブラー』第145号（1751）や、彼の筆と目される『ロンドン・クロニクル』発刊の辞（1757）などにも通じるのであるが（Greene ⑤, 71）、こうした見解から、彼がイメージしていたジャーナリズム的文章の性格が見えてくる。すなわち、不正確な情報が少々混ざっても迅速に印刷されるべき文章であり、大衆の知的レベルに合せた文章であり、それゆえ読み捨てられる宿命にある文章でもある、ということになる。つまり、これらのネガティヴな要因を解消させた文章ならば、文学者の業績たるにふさわしい文章になり得るのであろう。そうしたダブル・スタンダードが機能していたと仮定すれば、彼が『ランブラー』、『アドヴェンチャラー』、『アイドラー』の原稿を即興で書き飛ばして、推敲もせずに印刷所に送ってしまったとのホーキンズの報告も、さもありなんと思えてくる（Hawkins, 230）。[5] さらに示唆的なのがエディの指摘で、実際にジョンソンは自著の版元を使い分けていたらしい。すなわち「文学的著述」の場合はドズリー、ストラン、ミラー、カデル、ニコルズといった比較的格の高い書籍商から出版していたが、「ジャーナリズム的著述」の場合には往々にしてニューベリーやペインなどやや格下の業者に任せていたらしいのである（Eddy ①, 5）。

　ジャーナリズムの文章は、読み捨てられる消耗品と見なされていたせいか、当時の定期刊行物は他誌からの無断転載を安易に繰り返す傾向にあった。書き下ろし記事であっても、執筆がグラブ街うごめく三文文士たちに発注されることが多く、執筆者がよほどの著名人でもない限り、記事の書き手が誰であろうが版元や読者にとっては二の次であった。ゆくゆくは悲劇『アイリーン』の上演を実現させて華々しく文壇にデビューしたいものと、原稿を筐中(きょうちゅう)に潜ませて上京したジョンソンにしてみれば、当座の糊口(ここう)をしのぐためとはいえ、雑文書きの境遇に甘んじている身であったから、業界での匿名掲載の慣行はむしろ好都合だったであろう。そのようにして匿名での執筆が常態化するうちに、名乗りを上げることが面倒になってしまったのか、彼が自著に名前を印刷させたのは1749年にドズリーが出版した『人間の欲望のむなしさ』が初めてで、結局名前が明示された著

作の数は、半世紀の文筆活動を通しても 10 点くらいにしかならなかった。

匿名を好んだからといって、筆で身を立てなくてはならないジョンソンが無名のまま埋もれてしまっていいと考えていたわけではない。[6] 好都合なことに、当時の文壇は狭い世界であったうえに、彼も人脈を次第に拡げつつあったから、いわゆるクチコミの効果に期待することができた。つまり読者がジョンソンの文章を気に入れば、執筆者名は自ずと業界関係者に知れ渡るシステムになっていた。ジョンソンにはジャーナリズムについて一家言あるらしいとの評判も、匿名で執筆してきた記事が実績になってのことであった。このようにして、ジョンソンの筆と今日認められている作品の多くは、読者の好奇心と内部情報のコラボレーションの結果として後世に伝えられたのであり、キャノン化されてきたのである。だが、それでもまだ多くの文章が、彼流の匿名への執着に災いされて、埋もれた状態に置かれていることもまた現実なのである。

ジョンソンにしてみれば、「ジャーナリズム的著述」は読み捨てられるべき雑文であったから、それらが匿名性のうちに読者から忘れ去られてしまう可能性は織り込み済みであったろうが、後年グリーンが「決して蔑ろにできない」と弁じて我々の注意を喚起したり（Greene ④, 121）、フリーマンにしても「有名になってからのジョンソンを予感させる、彼らしい知性と表現をうかがわせる」と評価しているように（Fleeman ①, 7）、彼の「ジャーナリズム的著述」は我々研究者が無関心でいては済まされない作品群になりつつある。当のジョンソンも、それなりの価値を見込めそうな「ジャーナリズム的著述」については、合本化するなり筆を加えるなりして再利用にいそしんでいるが、それは収入増を図るためであったと同時に、文章を磨き上げて文学者としての作品を後世に残すためでもあった。『イギリス詩人伝』に再利用された例はすでに示したが、『ランブラー』、『アドヴェンチャラー』、『アイドラー』もたびたび合本版で再版され、今日では彼の主要作品のうちに収まっている。[7] つまり「消耗品」あるいは「半完成品」であったはずのジャーナリズム向け文章が、後日ジョンソンのお墨付きを得て「完成品」に格上げされ、文学者としての名声を支える業績に組み込まれていく道筋が用意されていたのである。だからこそ、書籍商としては格下のデイヴィスが、1773 年に『雑文集』を無断で出版した際にジョンソンが激怒したと伝えられるのも、誤って他人の文章を収録した不手際

に加えて、手順を無視した抜け駆けが彼をあわてさせたからであろう。

＜キャノン形成への努力＞

　ジョンソンという大文豪が、どこにどのような主題でどれほど執筆してきたのか、その全容を明らかにして後世に伝えておかなくてはという焦燥感は、その生前からすでに文壇に漂い始めていた。[8] その様子は『サミュエル・ジョンソン伝』の1738年の記述にもうかがえる。ボズウェルが伝えるには、

> 　ジョンソンは度々（たびたび）友人たちから彼自身の著作の完全な一覧表を作るように慫慂（しょうよう）されもし、また彼自身これらを自分の責任において全部集めたいという真剣な意図を秘めつつ、ぜひそうするつもりだと語っていたにもかかわらず、彼はこの企てを一年また一年と遷延（せんえん）し、遂にそれをきちんとした形で果さないままに死去した。私は彼の自筆になる或る点数を含む一覧表を持っているが、しかし彼自身本当に自分が書いたもの全部を覚えているかどうか私は疑問に思う。実際それらはあまりにも多数かつ多様で、互いに全く無関係で雑多な刊行物のなかに散らばっているのにかてて加えて、その中のいくつかは彼がその溢（あふ）れ出る心の豊かさから気前よく寄稿して与えた他人名義になっている。それ故に我々は彼の作品を、彼が友人に偶然に洩らした情報と、作品の内的証明性にもとづいて発見することで満足せねばならない。
> 　　　　（Boswell, vol. I, 112; 中野訳、第1巻、74）より。ルビは筆者による。

　先にも触れたように、彼の匿名への執着がキャノン確立を大いに阻害してきたのであるが[9]、当時の新刊情報とかジョンソン周辺が残した記録といった外的証拠（external evidence）に加えて、主題の傾向、用語上の癖、文体的特徴といった内的証拠（internal evidence）も動員しながら、真筆を掘り起こすための作業は生前からすでに始められていた。そうした試みの1962年までの成果を第Ｉ〜Ｖ期に分けて箇条書きにしたグリーンは、ジョンソンの存命中（第Ｉ期）に50件弱、1784年からボズウェルの『サミュエル・ジョンソン伝』以前（第ＩＩ期）に70件弱、『サミュエル・ジョンソ

ン伝』を含む 1791 〜 99 年（第 III 期）に 50 件弱、1800 〜 1925 年（第 IV 期）に 30 件強、1925 〜 62 年（第 V 期）に約 100 件と、合計約 300 件の文章をキャノン候補としているが、『紳士雑誌』に多くを掘り起こした第 V 期の成果を評価する一方で、第 IV 期以前に対して「大いに怪しい」としている（Greene ③, 427）。特にボズウェルが掲げた「散文作品の年代順一覧表」(Boswell, vol. I, 16-24; 中野訳、第 1 巻、xvi-xxviii）については、「従来からジョンソンの筆と目されてきた 100 件少々の散文作品に、ボズウェル自身が主に小品で 35 〜 40 件を加えた、野心的ながら、混乱も見られ、不正確で、誤解を招きかねないリスト」として、グリーンは警戒している（Greene ③, 420-21）。そしてフリーマンが書誌で、「説得力ある証拠を欠いている作品であっても、記述することがある。本書への掲載がジョンソンのキャノンであることを保証するものではない」(Fleeman ③, xxvii) と但し書きしたのも、この方面での同定の難しさ、断定の危うさを十分に認識してのことであった。

　それでは、真筆と判断するための内的証拠とはどのようなものであろうか。グリーンによれば、ジョンソンは主題によっては「率直な」、そして「飾り気のない」文体を用いることもあったが、文体は総じて「一貫した緻密さ、明晰さ、力強さ」において、当時のジャーナリズムの文体と一線を画するそうである（Greene ①, 375）。さらに「想像力の活発さと明確さ、理詰めの展開、言葉遣いの的確さ、語の響きに対する鋭敏さ」において彼の文体が卓越しているとも教えている（Greene ②, 78）。コルブもまた、1760 年に『ユニヴァーサル・クロニクル』に掲載された『パブリック・レジャー』紙創刊を伝える広告文を転載・分析した論文で、ジョンソン独特の表現や用語を具体的に指摘しながら、その文章を彼の筆と判定するまでの手順を臨床的に示しているので、これらの論文を読み合わせると、ジョンソンらしさの何たるかを多少は想像できるであろう。

　第 V 期に得られた成果を含めても、ジョンソンの『紳士雑誌』や『ユニヴァーサル・クロニクル』での仕事を解明しつくしたことにはならないし、彼の『文芸雑誌』への関わりも、まだ十分には把握されていないというのが実状であるように、ジャーナリストとして執筆された文章、特に短文類でのキャノン確定が絶望的状況にあることをグリーンは慨嘆しているが（Greene ④, 121-22）、同様なことはイェール大学版ジョンソン作品集で

の未刊のタイトルからもうかがえるであろう。すなわち、第XI～XIII巻として『議会討議録』[10]が「いよいよ刊行間近か」と伝えられてからすでに40年以上が過ぎている。あるいは『伝記および関連作品集』[11]が第XIX～XX巻に予定されているが、刊行の時期についてはまったく聞こえてこない。おそらく2010年中に刊行されそうな第XXI～XXIII巻『イギリス詩人伝』[12]の先には、第XXIV巻として『雑文集』[13]が配されるはずであるが、編集担当のブラックは「ジョンソンの筆を探るための多くの作業がまだ残っている」と2009年に報告しており、同定作業の今後の成果次第では『雑文集』が第XXV巻以降にも継続される可能性を示唆している（Brack ②, 256）。フリーマンが書誌（Fleeman ③）の中で、近刊予定と断りながらところどころで依拠していた『ジョンソン散文小品集』も、ブラックが編集を思い立ってから30年が過ぎ、AMS社により刊行が予告されてからでも10年間以上にわたって未刊状態にあることから、彼がキャノン問題で苦労させられていることが想像される。ジョンソンの文業のうち、彼が年金を支給され生活のために書き散らす必要がなくなった1762年以降の作品は、多くがイェール版作品集でも刊行に漕ぎ着けている。その一方で永く未刊状態に置かれているのが、年金受給以前に彼がジャーナリストとして執筆した作品群を収めるはずの巻ということになるが、イェール版は今後どのくらいの完成度においてそれら未刊巻の刊行に踏み切るのであろうか。

＜ジョンソンの筆の軌跡＞

　ジョンソンの文章は、しばしば雑誌、小冊子、単行書などの形態をまたがって発表・再利用されてきたので、本論ではジャーナリズムという語を、出版界という広義においても、新聞雑誌業界という狭義においても、文脈に任せて柔軟に使い分けてきた。いまここで、広義のジャーナリズムにおけるジョンソンの筆の所産を示して事足りるのであれば、グリーンがリスト化した約300件（Greene ③）を転記し、1962年以降に同定されたタイトルを加え、それらを発表年順に並べ換えれば、とりあえずのところは十分であろう。[14] しかしそうした著作目録から、狭義のジャーナリズムにおける彼の筆の跡がストレートには見えてきにくい。ということで、ジョン

ソンが比較的濃厚に関わった定期刊行物に注目しながら、ジャーナリスト・ジョンソンの仕事をたどってみたい。

1737年に上京したジョンソンは、ケイヴが経営する『紳士雑誌』に彼を訪ね、諷刺詩『ロンドン』の出版を託するなどして彼との関係を深め、翌年中頃には『紳士雑誌』の編集を任されるまでになった。この雑誌は随筆、詩、書評、国会議事録、国内外のニュース、株価、人事消息、投書欄などを掲載する、およそA5判サイズで60ページ弱の月刊総合誌であり、売価は6ペンス（邦貨で1,200円見当）[15]であった。 ジョンソンの編集者兼執筆者としての報酬は年100ポンド（約480万円）と伝えられており、1744年頃までその額が支払われ続けたらしい（Boswell, vol. I, 532; Chalmers, vol. XIX, 53）。[16] その7年間にジョンソンは多数の記事を執筆し、『紳士雑誌』を一流誌に育て上げ、販売部数の拡大に貢献することになった。とはいえ名前を出さないでの執筆であったから、ここでの筆の跡は部分的にしか解明されていない。

専属を離れた1745年中頃以降も、フリーの立場で『紳士雑誌』に寄稿を繰り返しており、『英語辞典計画書』発表の1747年から『ランブラー』創刊の1750年にかけて、年平均で10件を上まわるペースで同誌に寄稿し続けていたが、その背景にはケイヴへの恩返しの気持も働いたであろう。その後も、『紳士雑誌』の1750～55年刊行分に調査したシャーボによれば、ジョンソンの筆と思われる36件の書評記事が見つかったそうである（Sherbo ①）。また1754年に恩人の訃報に接するや、彼はただちに好意的な「ケイヴ伝」を執筆し、それは同誌の2月号に掲載されたのであった。

しかし、1756年に『紳士雑誌』の編集担当になったホークスワースは、かねてよりジョンソンの文体を模倣することが巧みだったので、この頃の真筆を掘り起こす作業は困難を極め、現在に至るまで成果がほとんど上がっていないようだ。試しにフリーマンの書誌（Fleeman ③）で『紳士雑誌』への執筆状況を参照すると、1738～57、60、62年に記述が見られ、とくに1738～43年および1752～54年には各年20件前後あり、仕事ぶりが多少はわかってきているかの印象もあるが、やはり1755年以降にはあまり期待できないようだ。

ジョンソンにとって『紳士雑誌』での経験は、自らのジャーナリズム観を形成し、文学・政治・経済への関心を培い、国内外への視野を拡げる機

会となったであろうから、我々研究者にとっても1738～54年頃の『紳士雑誌』が、今後の収穫次第では宝の山に化ける可能性がある。[17] そのころの記事で注目もされ、キャノン化も実現しそうなのが、ガリヴァーが訪問した先の議事録に見立てて英国議会の討議内容を報道した「リリパット元老院議事録」である。1738年から『紳士雑誌』に掲載され始めたが、1740年12月、41年1月、41年7月～44年3月号掲載分はジョンソンの筆と目され、なかでもウォルポール首相の更迭を国王に進言する動議が出された1741年2月13日の国会議事録は、今日読んでも面白いとグリーンは一読を薦めている（Greene ⑥, 91）。[18] 断片的な取材メモを素材にして、発言者の口ぶりを想像しながら膨らませた捏造記事であったが、そのリアルさが昂じて、例えば大ピットの発言であろうとか、チェスタフィールドであろうとか取り沙汰されたり、誤って引用されることもあったので、後年ジョンソンは「リリパット元老院議事録」を執筆したことを後悔したほどであった。

　次に挙げるべき定期刊行物は『ランブラー』ということになるが、そこに至るまでの彼は「文学的著述」も着々と世に問うていた。詳しくはフリーマンによる書誌（Fleeman ③）に譲るが、英文学史に並ぶ定番的タイトルだけでも、政治の現状をあてこすった小冊子『ノーフォーク州出土の大理石』、放蕩詩人客死の報を受けて急ぎ執筆した『サヴェッジ伝』、書籍商に雇われてまとめた全5冊の『ハーレー文庫目録』、8年の苦闘と「辞書のジョンソン」という名声をもたらす切っ掛けとなった『英語辞典計画書』、悲観的人生観を詠み込んだ諷刺詩『人間の欲望のむなしさ』、私塾時代の教え子ギャリックの尽力で9日間の興行が実現した悲劇『アイリーン』などがあった。それらの仕事をこなしながら、彼は1750～60年にかけて数誌の定期刊行物に関わっていった。

　詩人にして友人のクリストファー・スマートが1750年1月に創刊させた『ステューデント』を短期間手伝ったあと、3月には単独執筆の『ランブラー』をスタートさせた。A4判を小さくしたサイズの6ページ建てで、2,000語弱の随筆を掲載しただけの雑誌であった。郵便馬車が地方へ向けてロンドンを出発する火・土曜日に合わせた週2回の発行で、売価は2ペンスというから、『紳士雑誌』に較べて割高感もあるが、「彼の著作の端々において繰り返されるすべての主題が、しばしば極めて純粋な形で見出せ

る」ほどの密度の濃さに値打ちがあった（Sullivan, 283）。2年間を通して、全208号のうち203号分を執筆という気持の入れようで、扱う主題も文芸批評や寓話物語に加え、自らの人生経験を踏まえた結婚や老齢といった処世訓的道徳論にわたり、時には読者からの投稿を装ったりもしながら、各号が「世間の悪と不幸の主因たる自己欺瞞（ぎまん）を浄化する」意図をもって執筆されていた（Bate, xii）。そしてジョンソンがどのような話題を取り上げたかについて知りたければ、『アドヴェンチャラー』や『アイドラー』ともども、イェール版作品集第II～V巻（*The Idler and The Adventurer*, 1963; *The Rambler*, I～III, 1969）の目次を参照してみるとよいであろう。

そのようにして、『ランブラー』では各号2ギニー（約10万円）の原稿料を受け取っていたので、1750年3月～52年3月頃にジョンソンは年200ギニー近くの臨時収入を見込めていたことになる。そもそも彼が『ランブラー』を執筆するようになったのは、『英語辞典』を編纂（さん）していて募（つの）らせたストレスを解消させるためであったと憶測されている。しかし作業期間3年予定で経費込みの『英語辞典』からの報酬総額が1,500ギニーでは、多い時で4人の助手を常時2～3人雇いながらの実質8年の出費をカバーするには不十分な額であったし、彼と別居して酒とアヘンに溺れていた妻テティに送る生活費もひねり出さねばならなかったので、『ランブラー』執筆については否も応もなかったというのが実情であろう。もって回ったような仰々（ぎょうぎょう）しい「ジョンソン風」（Johnsonese）と呼ばれる文体を特徴としたにもかかわらず、総じて読者の反応はよかったようだ。購読数が500部を超えなかったと彼はぼやくが、『ランブラー』は少なくとも16の地方紙に転載されて、ロンドンでの読者数の約10倍を獲得していたと見積もられている。そうした評判に気をよくしてか、彼は直ちに全号の合本版を刊行し、その後も1756年の第4版に至るまで筆を加え続け、生前だけでも10種の版をロンドンで数えたほどの人気であった。

『ランブラー』終刊から約半年後に『アドヴェンチャラー』がスタートしたが、1752年11月～54年3月に全140号が発行されたうち、ジョンソンが執筆したのは29号分だけであった。判型、ページ数、発行曜日、そして売価も『ランブラー』と同じであった。しかし1753年3月の第34号からの執筆であり、前年3月にテティが死去して出費が軽減されていたとはいえ、散発的な2ギニーの原稿料では、家計もあまり楽ではなかったで

あろう。彼の『紳士雑誌』への寄稿が、『ランブラー』終刊から『英語辞典』刊行までの3年間に約60件に昇ったのも、やはり彼としては収入の道を別途に確保する必要に迫られたからであろう。その『アドヴェンチャラー』は、『ランブラー』の後継誌を意図されていたので、論調に新奇さがあるわけではなく、ベイトが指摘したように（Bate, xviii）、『ランブラー』に始まり『ラセラス』や『アイドラー』に終る10年間に開陳されてきた道徳論は、喩えるならば『人間の欲望のむなしさ』に込められていた人生観を散文で説いたものであった。やはり『アドヴェンチャラー』も合本版が作られて、生前だけでもロンドンで8種の版が印刷された。

　そうこうするうちに『英語辞典』は1755年4月になって刊行され、ジョンソンは「語源をたどったり、語義を細分するのに余念がない、人畜無害の苦役人」の境遇からはやっと解放されたが、その仕事が彼の家計を改善することにはならなかったようである。翌年3月には、5ポンド18シリングの借金で債務者監獄に収監されるという屈辱的な目にも遭っている。1756年6月に書籍商トンソンと新校訂版『シェイクスピア作品集』執筆の契約を交わしたのを機に、彼はトンソンから前借りをするようになった。

　その1756年にジョンソンが関わったのが、『ユニヴァーサル・ヴィジター』および『文芸雑誌』で、ともに『紳士雑誌』と同規格、同売価の月刊誌であった。前者についてボズウェルは1775年4月6日の記述で、ジョンソンが口にした「僕はスマートが発狂していた何ヶ月間か『ユニヴァーサル・ヴィジター』に寄稿した。当時僕は彼が結んだ執筆条件を知らなかったから、自分では彼を助けているつもりだった。僕は彼の知力が間もなく戻ると希望していた。僕の知力は正常に戻って、僕は『ユニヴァーサル・ヴィジター』に書くことを止めた」（Boswell, vol. II, 345; 中野訳、第2巻、125）との発言を伝えるが、版元にばかり利する契約を強いられていた編集者のピンチ・ヒッターを、ジョンソンは『ステューデント』の時のように友情から引き受けていたようで、これでは家計の足しになったとは思われない。フリーマン（Fleeman ③）も1～6月号に8件の記事をジョンソンの筆らしいと記述するだけで、彼が同誌のために積極的に筆を揮っていたとの印象は得られないが、5月号掲載の「ポープの墓碑銘論について」は『アイドラー』の合本版第3版（1767）に転載され、その後『詩人伝』中の「ポープ伝」末尾に再利用されている。あるいは1月号掲載の「チョーサー評伝」なども、

それが真筆とすれば、彼の最晩年での執筆計画との関連性がうかがえるかもしれない。

　しかし1756年で注目すべきは、『文芸雑誌』という『紳士雑誌』と同傾向の月刊誌で、それは1758年の終刊までに全27号が発行されていた。同誌での彼の執筆状況についてはボズウェルが詳述しているが（Boswell, vol. I, 307-16; 中野訳、第1巻、225-31）、グリーンもまた1756年4月の創刊号（4月15日－5月15日付）から8月の第5号まで掲載された全105本の記事を分析しており、それによると、他誌からの転載記事とか散見される署名記事とかを除いたほとんどがジョンソンの筆と見なせるそうで、彼がこの時期に「事実上の編集長」であったとも結論している（Greene ①, 389）。その結論はシャーボ（Sherbo ①）によっても支持された。[19] 結局グリーンはその総数を、1757年7月の第15号まで彼が執筆を続けたであろうとして、ボズウェルが「散文作品の年代順一覧表」に挙げた「大ブリテンの政治情勢序論」や「プロイセン王フリードリッヒ三世回顧録」など32件に対して、新たに13件を加えた45件とした。その後、エディが記事8本プラス書評39本をもって「ほぼ全容に相当する」と報告しており（Eddy ①, 28）、さらにはフリーマン（Fleeman ③）も記事9本プラス書評35本と記述している。ただし『文芸雑誌』からの報酬額についてはボズウェルも解明できなかったようであるが、仕事量としては『紳士雑誌』専属の頃に劣るものではないので、100ポンド近い収入があった可能性もなくはない。

　その後も、年金の支給により生活が安定する1762年までの約4年間に、彼は生活費のために小冊子、序文、献辞などに筆を揮っていた。1759年には小説『ラセラス』も出版し、それが翌年に再版となって、あわせて約160ポンドの収入を単行書でも得ていた。『紳士雑誌』のほか、1757年に『ロンドン・クロニクル』にも多少は関わったようであるが、この頃のジャーナリストとしての主たる仕事は『アイドラー』にあった。それは、B4判をやや小さくしたサイズで8ページ建ての毎土曜日発行の『ユニヴァーサル・クロニクル』誌上に、第2号（1758年4月15日）から終刊1号前の第105号（1760年4月5日）まで、一貫して第1面に連載された随筆のタイトルであるが、ジョンソンは都合92号分を執筆し、各回3ギニーの原稿料を得ていたので、2年間で300ポンド弱の収入になった。その合本版が再版された1761年にも84ポンド少々の配当を得ていた。

ホーキンズによると、ジョンソンが『アイドラー』を始めたのは、予約金を受け取ったまま一向に筆が進まない『シェイクスピア作品集』からのプレッシャーを逃れるためであったらしいが (Hawkins, 219)、週刊誌の一面だけの執筆だったので、『ランブラー』や『アドヴェンチャラー』の時とは違い、気楽に構えていられたのであろう。気負いがなくなったせいか「ジョンソン風」な文体が後退し、多音節語や長い引用も減少した一方で、難解な用語には解説が添えられたり、親近感を覚えやすい登場人物が描かれるなど、より多くの読者を取り込もうとの姿勢がうかがえる。そのために際物的話題や俗受けしやすい主題への傾斜も強めており、ジョンソンとしては『アイドラー』の再刊にあまり乗り気ではなかったらしいが (Bate, xxvii)、結局合本版として何度か印刷されたことは先述した通りである。なお彼が同誌に寄せた文章が『アイドラー』にとどまらず、先述の「ジャーナリストの心得」や、「ブールハーフェ医師伝」など10件前後あったことを、フリーマンによる書誌は記述している (Fleeman ③, 735-36)。

　ジョンソンはこの『アイドラー』で、紙誌の創刊ラッシュがもたらせた弊害を問題視して、第7号や第30号で資質に欠く記者の横行に警鐘を鳴らしたり、訳知り顔のディック・ミニム (Dick Minim) に仮託して、素人が文芸批評家を気取る風潮を第60および61号で茶化していた。こうした話題は、ベイトも指摘するように、ジョンソンが定期刊行物に書き散らしてきたそれまでのライフ・スタイルを改め、文芸批評家としてのキャリアへ軸足を移そうとしていた予兆だったのかもしれない (Bate, xxviii-xxix)。1762年になって国王ジョージ3世から300ポンドの年金を賜るようになると[20]、彼はそれまでの生活の糧であった定期刊行物の業界と距離を置くようになった。そしてそのかわりに、1756年以来出版延期を繰り返してきた『シェイクスピア作品集』全8巻を1765年に完成させ、1775年に『スコットランド西方諸島の旅』を刊行、そして1779-81年には畢生の大作『イギリス詩人伝』全10巻の成就を見るなどして、文壇の大御所たるにふさわしい作品を揃えていったのである。

　また1770年代になって、政治論の小冊子も数編執筆している。それらは、グリーンが「ジョンソンほど政治に注目し、政治に一家言あり、政治論に筆の立つ大作家はまずいない」(Greene ④, 114) と称賛したほどの彼が、やむにやまれぬ思いから筆を執り大局に立って国家の政策を論じたも

のであった。相変わらずの匿名による執筆ではあったが、世間の耳目を大いに集めたようで、ジョンソンの筆であることは当時からいわば公然の秘密になっていた。しかもそれらの政治論が単なるその場の思いつきではなく、文筆活動の当初に育まれ、彼がジャーナリズムの世界で訴えてきた信念に由来する発言であったことが、イェール版作品集第X巻（*Political Writings*, 1977）の目次に並んでいるタイトルから、察せられるのである。

さらに加えて指摘しておくと、ジョンソンの残した文章は、これまでに触れたような表向きの作品ばかりではなかった。知人の文筆家や書籍商から、ときには面識のない著者からでも、依頼があればジョンソンは他人の著書のために依頼者の気持になって献辞や序文を代筆することがあった。そうした個人的依頼、すなわち執筆の事実を表沙汰にできない文章に対して、彼は原稿1シート分（A4判で4ページ）につき2ギニーの謝礼を申し受けるのが常であった。その代わり、引き渡した後の文章には一切の執着を残さないという、いわば究極のジャーナリスト根性を、そうした取引で実践していたことになる。この風変わりな習慣は年金受給後も続けられたが、おそらく生活のためというよりも、有名税のうちと観念して無下には断わらなかったからであろう。それでもジョンソンほどの名士の筆となれば、匿名が建前の文章ではあっても、彼の存在が透けて見えてしまうケースが当時からなくはなかったことは、ボズウェルの「散文作品の年代順一覧表」からもうかがえる通りである。現在ではヘーゼンが、ジョンソンによる代筆の事例と顧客名とを割り出して、1733〜85年に54件の献辞や序文を集めているので（Hazen, 251-52）、それらの情報は当然イェール版作品集に反映されることになる。

また、こうした代筆に違和感を覚えないのがジャーナリスト・ジョンソンの真骨頂だったのかもしれないが、礼拝で信徒に語りかける説教の代筆を牧師たちから頼まれることさえあった。それでも献辞や序文と同じ売り渡し条件で請け負っていた。その数およそ40編におよんだことを、彼は後年ホーキンズに述懐しているが（Hawkins, 236）、とりわけ親友ジョン・テイラー師のために代筆した説教が多く、それらは師の死後にテイラーの名で出版された『説教集』に収録された。今日ではイェール版作品集第XIV巻（*Sermons*, 1978）により、現存する28編を読むことができる。

従来の英文学史ではほとんど触れられることのなかったジョンソンの

ジャーナリスト的側面が、調査と研究によって今後どこまで明らかにされるのか、そしてその成果を取り入れてイェール版作品集が第何巻まで後続巻を刊行し、どのようなタイトルを並べ得るのか、我々としては大いなる関心を持って見守っていきたいものである。

＜ひとつの仮説＞

　フリーマンによると、ジョンソンの遺産は 2,909 ポンドあったらしい。さらにフリーマンは、ジョンソンが年金をもらい始めた 1762 年以降の総収入を 6,800〜7,000 ポンドと試算している（Fleeman ②, 223）。単純計算をすると、年金 300 ポンド×21 年に加えて、5 年につき約 100 ポンド平均の原稿料収入を得ていたことになろう。しかし年金からは税金として 15％が天引きされたらしいから（Fleeman ②, 226）、1763 年以降の年金の手取り額は 255 ポンドとなる。これらの数字から彼の平均年間支出額を計算すると、（年金 255 ポンド×21 年＋原稿料 500 ポンド）－遺産 2,900 ポンドから算出される支出総額を 21 年で割って、年平均 140 ポンドくらいであったと推定できようか。

　ところで『サミュエル・ジョンソン伝』の 1737 年の記述によれば、ジョンソンは上京に際して年 30 ポンドあればロンドンで生活できると助言されていたらしい（Boswell, vol. I, 105）。彼自身も、贅沢をしなければ年 50 ポンドで家族が恥ずかしくない生活レベルを維持できると「サヴェッジ伝」で述べており（第 221 段落；Greene ⑦, 147）、さらに『サミュエル・ジョンソン伝』の 1763 年の記述にも、生きていくだけなら年 6 ポンドでも間に合うと考えていたことが記録されている（Boswell, vol. I, 440）。そのジョンソンが、1738〜44 年に『紳士雑誌』から年 100 ポンドの報酬を得ていたことはすでに触れた。そして英国での物価が 1660〜1760 年の長期にわたってほとんど変動せず、18 世紀後半になってからの物価上昇でさえ世紀末までに 40％程度どまりであったらしいことを勘案すれば（Burnett, 65, 128-33, 185）、年金受給前の彼の生活は、テティへの仕送りを含めても、年 100 ポンドで賄えるレベルにあったと推定できるかもしれない。

　もともとジョンソンは、金のかかる「衣」の方面には無関心であったし、

居候(いそうろう)を何人も自宅に引き取るようになった1750年代以降にも、筆一本で家計をやりくりできていたようであるから、浪費家の生活とは無縁であったと推測できる。しかも1765年頃から最晩年に至るまでの20年間は、金満家のスレイル邸にほぼ入り浸り状態であったから、名士としてのそれなりの体面を保つ必要はあったにしても、「食」および「住」のために特段の出費を迫られることはあまりなかったであろう。それでいて年間出費額が140ポンドあったのなら、贅沢をしない限り、年金受給以前の生活レベルはもちろんのこと、おそらくそれ以上を維持することができたであろう。

　なぜこのような計算をしたかというと、グリーンが洩らした「彼が食べていかねばならなかったことを我々は想起(そうき)するべきで、[年金受給以前の]若年・壮年時代の一時期に、従来のキャノンの基準に照らして彼の筆と認定できる作品が少なかったりすると、彼はどのように生き延びるだけの収入を得ていただろうかと考えてしまう」という感想がヒントになったからである（Greene ②, 81）。つまりジョンソンの生活レベルが必要とした、この時期の「生き延びるだけの収入」の概算額がわかれば、彼の筆になる文章を掘り起こすための指標のようなものが得られるのではないか、と思いついたからなのである。

　そこで再びフリーマンが復元した彼の収入表を利用して、1737年3月の上京以降にジョンソンの年収が100ポンドに満たなかった年を拾ってみると、1737、45〜48、53〜57、60〜61年となりそうである（Fleeman ②）。[21] ただし『英語辞典』のために編纂(さん)期間3年を想定して版元から分割受領していた経費込みの報酬1,500ギニーから、100ポンド近い年収を契約が交わされた1746年6月から3年間は引き出せたと仮定すれば、1746〜48年を除外できるかもしれない。その後は、編纂作業が遅延すればするだけ報酬となるはずのものが助手への人件費その他の経費に食い潰(つぶ)されることになるので、十分な収入を確保する余裕はなくなっていたであろう。

　以上を考慮して、100ポンドの年収確保を当面の目標としてジョンソンが文章を書いていたと仮定するならば、未発見の文章が上述の時期に埋れているのではないかと期待されてくる。つまり他の時期に捜すよりも、その数年間を捜すほうが彼の文章を発見する確率が高まるであろう、という仮説である。すでに研究者たちが『紳士雑誌』や『文芸雑誌』にジョンソンの筆を比較的多く見出してきているのも、年収が100ポンドに満たない

年からであったことが、この仮説の有効性を暗示していよう。これまで人目につかず埋もれていた文章ならば、単価2ギニー程度の小規模な作品がほとんどであろうから、年収で100ポンドに満たないそれぞれの年において、彼が書かざるを得なかった文章の本数もある程度は見積もれるのではなかろうか、といういささか大雑把に過ぎる仮説である。

　100ポンド以上を稼いだ年が前後にあれば、年をまたいで融通もできようから、年単位で100ポンドの収入にこだわる必要はなかろうと思えそうである。しかしジョンソンは『ランブラー』第134号や『アイドラー』第31号、また祈祷文や日記でもしばしば触れていたように（例えば1752、57、76、81年）、怠惰の性癖に病的なまでに取り憑かれていた。追い詰められないと筆を執れない彼の性分については先述した。そんな彼にとって、生活に必要な収入を稼ぎ出してしまえば、執筆へのモチベーションは急激に下がったことであろう。6ポンドすら自由にならず債務者監獄入りしたジョンソンに、意に染まぬ雑文であってもとにかく余計に売っておいて、いざという場合に備えておこう、などという計画性を期待できたとは考えにくいのである。何しろ唯一の小説『ラセラス』にしてからが、母親の葬儀費用を捻出する必要に迫られた彼があわてて1週間で書き飛ばした結果の、いわば想定外の収穫であったことは、研究者ならずとも知る人の多いエピソードになっているくらいである。

　しかしネイティヴならぬ日本人研究者の悲しさで、こうした仮説をもてあそぶまではできても、それを成果に結びつけるだけの分析能力に（少なくとも筆者は）恵まれているわけではない。そこで一傍観者の観測を示してお茶を濁すならば、狭義のジャーナリスト（定期刊行物の執筆者）としてのジョンソンの業績については、その全貌を見渡せない状況が今後とも劇的に好転する見込みはないであろうが、恐らく数年のうちにイェール版作品集が暫定的にせよ完結の運びとなり、その時点でのやはり暫定的な評価ということで、広義のジャーナリスト（出版人・著述家）としてのジョンソンの文業について、キャノン確立に向けての努力が一応の成果を見た、というあたりで決着することになるのであろう。

注

1 『紳士雑誌』(*The Gentleman's Magazine*)の第1～20巻用『総索引』に付された「序文」で、ジョンソンは、各号の新刊案内欄が提供する価格や版元に関する情報は、書籍商が客の注文を取り継ぐ際に重宝するはずとアピールしている（Sherbo ②, [4]）。彼は業者間のマージン比率に触れた書簡(1776年3月12日)も書いていた。

2 『サミュエル・ジョンソン伝』(*The Life of Johnson*)の1733年の記述に拠ったが、ボズウェルにも掲載号を捜し出せなかったようで、クリフォードは「ジョンソン文献の探索者にとっての究極の目標」（Clifford, 138）として、今後の発見に望みを託している。

3 グリーンはキャノン（canon）を「定評ある研究者たちに真作と一般的に認められている著作物の包括的なリスト」と定義するが（Greene ③, 409）、本稿では個々の著作物に対してもキャノンという語をしばしば用いた。

4 いつものジョンソンらしく匿名による執筆であったが、フリーマンの書誌によれば、このマニフェスト記事を彼の筆と同定するに足る外的証拠が1788年に示されたらしい（Fleeman ③）。

5 ピオッツィ夫人も『ジョンソン逸話集』(*Anecdotes of Johnson*)で、彼が印刷所の少年を待たせたまま、レノルズ家の居間で『ランブラー』第134号を走り書きしたエピソードを伝えている（Piozzi, 76）。

6 1759年1月20日付書簡に「名前は印刷しないでおくが、知られることになろう」とある。

7 生前に限っても、『ランブラー』が1751、52（第3版は欠落）、56、61、63、67、71、79、83、84年に、『アドヴェンチャラー』が1752、54、56、62、66、70、77、78年に、『アイドラー』が1758-60、61、67、83年に、ロンドンで再版されていた（Fleeman ③）。

8 一例として、死去翌月の1785年1月には「ジョンソン博士著作目録」（'An Account of the Writings of Dr. Samuel Johnson'）が『ヨーロピアン・マガジン』(*The European Magazine*)に掲載された（Brack ①, 43-59）。

9 匿名性がジャーナリズムにはありがちとはいえ、彼の「出版物に名前を出すことに対する不可解で恐らく過剰な消極性」には、グリーンもややあきれ気味である（Greene ⑤, 78）。

10 Thomas Kaminski & Benjaman B. Hoover eds., *The Debates in Parliament*. 未刊。

11 O M Brack, Jr. ed., *Biographical and Related Writings*. 未刊。

12 John H. Middendorf ed., *The Lives of the Poets.* 近刊。
13 O M Brack, Jr. ed., *Miscellaneous Writings.* 未刊。
14 そうした目録に近いのが，Fleeman ③の pp. 1809-1871 に掲載されている 'Chronological List of Publications' で，再版や外国語訳も含めて、1731～1984 年をカバーしている。
15 筆者は当時の（£）1 ポンド= 20 シリング(shillings) = 240 ペンス(pence)を現在の￥48,000 くらいに換算している。したがって 1 ギニー(guinea) = 21 シリング＝約￥50,000 の見当になる。
16 カミンスキーは執筆量から逆算して、1740 年 7 月～41 年 12 月の期間を除けば、ジョンソンは年 30 ポンドくらいの仕事しかしていないと推定するが(Kaminski, 166-70)、執筆量といっても今後どのような記事が彼の筆と同定されるか次第であろう。見方を換えれば、年によっては彼の筆が 30 ポンド分しかまだ発掘されていない、ということかもしれない。
17 1731～45 年刊行分が、*The Gentleman's Magazine in the Age of Samuel Johnson* として、1998 年に全 16 巻で全頁復刻された。案の定、索引巻に執筆者としてのジョンソンの名は見られない。
18 1825 年版の作品集（*The Works of Samuel Johnson*）の第 X および XI 巻は、1740 年 11 月 19 日～1743 年 2 月 23 日の議事録を、固有名詞を実在のものに戻して収録している。当然のことながら、議事録の日付と『紳士雑誌』掲載時期とは一致しておらず、1741 年 2 月 13 日分は同年 7 および 8 月号に連載された。
19 創刊号（Eddy ②）の全 56 ページ中、グリーンがジョンソンの筆と判定した文章は 26.5 ページ分あった。
20 フリーマンによると、1762 年には下半期からの支給開始であったため、150 ポンドのみで、満額の支給は 1763 年からであった（Fleeman ③, 215）。
21 作品によっては報酬額が不明な場合もあり、網羅的な収入の記録になってはいないが，書籍商のストラーン（William Strahan）が 1754 年頃からジョンソンの財布を預かるようなっていたようで、フリーマンはストラーン側の出納記録も利用している（Fleeman ②, note 73）。

[参考文献]
Bate, W. Jackson. 'Introduction.' *Selected Essays from the Rambler, Adventurer, and Idler.*

New Haven: Yale University Press, 1968. xi-xxix.

Boswell, James. *The Life of Samuel Johnson LL.D.* Vols. I-VI. Ed. G. B. Hill; rev. L. F. Powell. Oxford: The Clarendon Press, 1934-71. 中野好之訳『サミュエル・ジョンソン伝』全3巻、みすず書房、1981-83年。

Brack, Jr., O M & Robert E. Kelley eds. *The Early Biographies of Samuel Johnson.* Iowa: The University of Iowa Press, 1974. (Brack ①)

Brack, Jr., O M. 'The Works of Samuel Johnson and the Canon.' *Samuel Johnson After 300 Years.* Eds. Greg Clingham *et al.* Cambridge: Cambridge University Press, 2009. 246-61. (Brack ②)

Burnett, John. *A History of the Cost of Living.* Harmondsworth: Penguin, 1969; Hampshire: Gregg Revivals, 1993.

Chalmers, Alexander. 'Johnson (Samuel).' *The General Biographical Dictionary.* Vol. XIX. London, 1815. 47-77.

Clifford, James L. *Young Samuel Johnson.* London: Heinemann, 1955.

Eddy, Donald D. *Samuel Johnson: Book Reviewer in the Literary Magazine: or, Universal Review 1756-1758.* New York: Garland, 1979. (Eddy ①)

──── ed. *Samuel Johnson & Periodical Literature 5: The Literary Magazine: or, Universal Review.* New York: Garland, 1979. (Eddy ②)

Fleeman, John David. ed. *Early Biographical Writings of Dr Johnson.* Hampshire: Gregg International, 1973. (Fleeman ①)

────. 'The Revenue of a Writer: Samuel Johnson's Literary Earnings.' *Studies in The Book Trade.* Oxford: The Oxford Bibliographical Society, 1975. 211-30. (Fleeman ②)

────. *A Bibliography of the Works of Samuel Johnson: Treating his Published Works from the Beginnings to 1984.* Oxford: The Clarendon Press, 2000. (Fleeman ③)

Greene, Donald J. 'Johnson's Contributions to *The Literary Magazine.*' *Review of English Studies.* New Series: VII (October, 1956), 367-92. (Greene ①)

────. 'Some Notes on Johnson and *The Gentleman's Magazine.*' *PLMA.* LXXIV (1959), 75-84. (Greene ②)

────. 'The Development of the Johnson Canon' [1962]. *Restoration & Eighteenth-Century Literature.* Ed. Carroll Camden. Chicago: The University of Chicago Press, 1963. 407-27. (Greene ③)

────. 'No Dull Duty: The Yale Edition of the Works of Samuel Johnson.' *Editing*

Eighteenth-Century Texts. Ed. D. I. B. Smith. Canada: The University of Toronto Press, 1968. 93-123. (Greene ④)

───. 'The Journalist and Occasional Writer.' *Samuel Johnson*. New York: Twayne, 1970. 69-86. (Greene ⑤)

───. 'Samuel Johnson, Journalist.' *Newsletters to Newspapers: Eighteenth-Century Journalism*. Eds. Donovan H. Bond *et al*. West Virginia: West Virginia University, 1977. 87-101. (Greene ⑥)

─── ed. *Samuel Johnson*. Oxford: Oxford University Press, 1984. (Greene ⑦)

Hawkins, John. *The Life of Samuel Johnson, LL.D*. [1787]. Ed. O M Brack, Jr. Athens: The University of Georgia Press, 2009.

Hazen, Allen T. *Samuel Johnson's Prefaces & Dedications*. New Haven: Yale University Press, 1937; New York: Kennikat, 1973.

Kaminski, Thomas. *The Early Career of Samuel Johnson*. New York: Oxford University Press, 1987.

Kolb, Gwin J. 'Dr. Johnson and the *Public Ledger*.' *Studies in Bibliography 11*. Ed. Fredson Bowers. Virginia: The University Press of Virginia, 1958. 252-55.

Piozzi, Hester Lynch. 'Anecdotes of the late Samuel Johnson' [1786]. *Memoirs and Anecdotes of Dr. Johnson*. Ed. Arthur Sherbo. London: Oxford University Press, 1974.

Sherbo, Arthur. 'Samuel Johnson and *The Gentleman's Magazine*, 1750-1755.' *Johnsonian Studies*. Ed. Magdi Wahba. Cairo: Privately printed, 1962. 133-59. (Sherbo ①)

───. *Samuel Johnson's Preface to the 1753 General Index to the First Twenty Volumes of The Gentleman's Magazine: Presented as a keepsake for The Johnson Society of the Central Region*. Michigan : Michigan State University, 1987. (Sherbo ②)

Sullivan, Alvin ed. *British Literary Magazines: The Augustan Age and the Age of Johnson, 1698-1788*. Connecticut: Greenwood, 1983.

追記：脚注12で近刊とした *The Lives of the Poets* が、その後刊行された。これでイエール版で未刊なのは、ジャーナリストとしての彼の文章を収録する巻だけになった。

第2章

ジョンソンと近代小説

小説、ロマンス、そして『女キホーテ』を手がかりに

土井　良子

<はじめに>

　様々な文学形式の作品を執筆し、また批評したサミュエル・ジョンソンであるが、実はその中で小説については比較的論じることが少なかったと言われている（ロジャーズ、82）。
　よく知られているのは、彼がサミュエル・リチャードソンの小説に賛辞を呈する一方で、ヘンリー・フィールディングの作品を痛烈に批判したことであろう。18世紀から20世紀にいたるまでの、リチャードソンとフィールディングを両極におく図式化の歴史においても、ジョンソンの発言は大きな意味を持っていたと指摘されている（Michie, 68-69）。
　そこでこの小論では二人の小説論を出発点に、ジョンソンの小説観と、それと表裏一体を成すと考えられるロマンス観を探ってみたい。まずジョンソンの小説観の代表例として、有名な『ランブラー』第4号（1750）の小説論を取り上げ、そこで批判の念頭においているとされるフィールディングと比較してみたい。その批判の中に、ジョンソンの考える小説の特色がより明確に現れているのではなかろうか。
　一方、1752年に発表された女性作家シャーロット・レノックスの小説『女キホーテ』は、この両者（及びサミュエル・リチャードソン）が共に高く評価した作品である。その『女キホーテ』には、実はジョンソンの小説やロマンスに対する考えが深く関わっているという見方がある。ロマンス物語を愛読するあまり、現実と混同してしまうヒロインの巻き起こす数々の

騒動、そして最後に現実認識に至る過程を描いたこの小説は、約半世紀後に出版されたジェイン・オースティンの『ノーサンガー・アベイ』同様「小説（ロマンス）を読むことについての小説」だと考えられる。タイトルが示すように、ヒロインはさながらドン・キホーテのごとくロマンスの登場人物になりきって失敗をしでかすが、この造型をジョンソンの『ランブラー』第2号と重ねて考えてみたい。そこから、「理性の時代」の代表格とみなされてきたジョンソンの中に根強く残る、前時代的なロマンスに対するアンビバレントな感情を浮き彫りにできるのではないだろうか。

　最後に視点を変えて、当代一の文学者とされたジョンソンという人物の存在が近代小説に与えた影響について考えてみたい。ジョンソンはその価値を認めた若い作家を様々な形で支援した。クラークなどの研究が示すように、とりわけジョンソンと女性文筆家たちとの交友について、最近その意義が見直されている。直接ジョンソンと親交を結ぶ機会に恵まれた女性小説家の例として、ここでは『女キホーテ』の作者レノックス、彼女より一世代後のファニー・バーニー、この二人とジョンソンの関係を取り上げる。また、それよりさらに後の世代におけるジョンソンの愛読者としてジェイン・オースティンの作品を取り上げ、ジョンソンの小説観がどのように採用され、展開していっているか概観する。このようにジョンソンの影響の共時的・通時的な広がりを追うことにより、小説史においてジョンソンが果たした役割を確認してみたい。

＜ジョンソンの小説論
──『ランブラー』第4号とフィールディング＞

　ジョンソンのフィールディング批判は、その内容を二つに大別することが可能だろう。一つはボズウェルのジョンソン伝に記された有名な発言の数々に見られる、人間性や心理に対する洞察や描写が表面的だという、小説家としての能力に関する批判である。[1] もう一つは、その内容の不道徳性に対する批判である。女性文筆家として活躍し、ジョンソンと交友のあったハナ・モアがフィールディングの『トム・ジョーンズ』を読んだと聞いて激怒したジョンソンの「邪悪な本」「あれ以上に堕落した本はほと

んど知りませんな」という返信が、その最も明らかな例であろう。(Hunt; Michie, 68) リチャードソンやフィールディングが小説を書いていた時代から20年以上経った後もなお、ジョンソンは新しい小説に対し、この二人を引き合いに出して評価している。ファニー・バーニーが妹に宛てた1778年8月30日付の手紙によれば、ジョンソンは彼女の初めての小説『エヴェリーナ』を褒める際、リチャードソンやフィールディングと比較してこう述べたという。

> リチャードソンが生きていたら、とドクター・ジョンソンはおっしゃいました、「そうしたらあなたを紹介するところだったのに…(中略)…リチャードソンは彼女[バーニー]を心底恐れただろう。『エヴェリーナ』には彼が我慢できなかったろう美点がある。…(中略)…ハリー・フィールディングも彼女を恐れただろう。フィールディングの全作品にだって『エヴェリーナ』にあるような繊細に洗練されたところはない」(Burney, 97)

また同じ手紙の中では、この発言の前の(バーニー自身が席をはずしている間の)会話をスレイル夫人から聞いたとして、「ドクター・ジョンソンは、それ[『エヴェリーナ』]にはフィールディング以上に価値のある事柄や登場人物が描かれている、とおっしゃったそうです…(中略)…「ハリー・フィールディングは人生の外皮しか分かっていなかった」(98)と報告されている。これらの例に見られるように、ジョンソンにとって、同時代の小説について何であれ発言する際には、リチャードソンとフィールディングに言及し後者を批判することが、一種の習慣として定着していたと考えてよいのではないか。[2]

ここで、1750年3月発行の『ランブラー』第4号に見られる、同時代小説についてのジョンソンの考えを改めて見直してみたい(Johnson①, vol. 3, 19-25)。まずジョンソンは、同時代の小説と前時代のロマンスとを対比して、それぞれの特徴を明らかにする。当時人気を呼んでいる小説とは、「人生の真の状態を明示する」もので、実際に日常生活で起こる出来事や、実社会の人々との関わりの中に見られる感情を描くものだと説明する。彼が「ロマンスの喜劇」と呼ぶこれら同時代の小説に対して、ジョンソンは前時代

のロマンスよりはるかに厳しい基準を設定している。まず写実という点では、誰もが身近に知っている事柄を描くため、誤りがあればすぐに気がつかれてしまう。したがって、小説作者は本による知識と同時に、現実の世界での交流とそこでの正確な観察を重ね、経験を積むことが必要である。

　だが現実に忠実であれば良いわけではない。さらに重要なのは、小説の目的である。小説は「主として若者、無知な者、無為の者」に向けて書かれ、「彼らにすべき行いを教え人生について目を開かせる役に立つ」ものでなくてはならない。これらまだ未熟な精神状態の読者は、印象や気まぐれな想像のおもむくままに動き、偏見や誤った考えにも耳を傾けてしまうため、若者が正しくないものに触れることのないように最大限の注意を払うべきだ、とジョンソンは繰り返し主張する。あからさまに道徳的な文章よりも、自分の知っている世界を舞台にした「これら身近な物語の方がむしろ効果的に善悪の知識をつたえられる」。しかしそれだけ見本の持つ影響力が強いため、「最良の見本のみが示されるように留意すべきである」。

　ここでジョンソンが「小説が現実の生活よりも有利」な点として強調するのは、作者に描く人物を選択する自由があるということだ。ジョンソンは、「芸術は自然を模倣する」というアリストテレスの『詩学』に共鳴しつつも、その際には模倣にふさわしいものをのみを選んで模倣すべきだと述べる。小説において、このように道徳的判断に基づいた上で写実するという考えは、ジョンソンの小説観の大きな特徴と言えるだろう。[3]

　この主張を受けてジョンソンはさらに、自然に忠実たらんとして善と悪が入り混じった主人公を描く小説に対し、読者が主人公の冒険を楽しんで読むうちに感情移入し、欠点も許容してしまう危険があると警告する。直接名前は挙げていないものの、この箇所は『トム・ジョーンズ』の主人公を指すと言われている（ロジャーズ、82; Hunt）。

　確かに、トムの少年時代からの直情径行的な軽率さや性的なだらしなさといった欠点は、他人の苦しみへの篤い慈悲心や愛情深さといった長所のおかげで、読者の感情移入の大きな妨げにはならない。品行方正で慎重ながら自己中心的な偽善者ブライフィルと比べて、どちらが作者と読者の共感を得ているかは明らかである。トムの潔白が明らかになった最後の場面で、オールワージーは「公平な人間なら思慮のなさと考えるような欠点と、悪行のみからしか生じ得ないそれとには大きな差がある」（Fielding ③, Bk.

18, Ch.10, 960）と説き、トムの場合は前者であると明言する。ここにフィールディングとジョンソンの道徳的立場の大きな違いがあり、ジョンソンの批判を呼ぶ原因となったのではないだろうか。小説に「散文による喜劇的叙事詩」との定義を与えたとして名高いフィールディングの『ジョーゼフ・アンドルーズ』序文にも、実は同様の主張が見られる。[4] ジョンソンの批判同様、作品（この場合は『ジョーゼフ・アンドルーズ』）中に恐ろしい悪を持ち込んだという批判を想定して、語り手は以下のような答えを提示する。

> 第一に、悪を持ち込まずに人間の一連の行動を追うのはきわめて困難である。第二に、本作で見られる悪の原因は心に常に存在するというものではなく、むしろ何らかの人間的な弱さや欠点の結果生じたものである。第三に、それらは決してからかいの対象ではなく、嫌悪の対象として用いられている。第四に、彼らが描かれる場合、その時その場面の主役には決してならない。最後に、彼らは意図していた悪を決して果たさない。（Fielding ②, 8）

ハントの指摘するように、フィールディングの人間理解や描写が浅薄だというジョンソンのもう一つの批判も、実はこのような道徳観の差から発しているのかもしれない（Hunt）。

　最後の部分でもジョンソンは、小説は「歴史的真実性とは無関係」だからこそ、小説という形式は優れた道徳的効用を持ちうると改めて主張している。では、ジョンソンが理想とするのはどのような小説なのか。まず美徳であるが、蓋然性の範囲を超えずに人間の到達しうる「最も完全な美徳」を示すことで、読者が目指すべき姿を教える。また反対に悪に関しては、読者が現実の悪に対する対処法を学ぶためには「悪を示すことは必要であるが、常に嫌悪をもたらすものでなければならない」。常に憎しみや軽蔑しか感じないような邪悪さのみを与え、それを減じるような他の長所を持ち込んではならないとする。小説における道徳性の重要性をこれだけ強調していたことは、若く人生経験のない読者が親しみやすい文学形式であるという特性を十分承知していた証拠であろう。虚構性を否定し、実際に起こったことの記録という仮面をまとわせることで、自らの道徳的価値を訴

えてきたデフォーやスウィフトらの小説を考えると、虚構性を逆手にとったジョンソンのこの主張はフィールディングの小説の定義同様、小説独自の文学的価値を確認させるものであったと言える。したがってこのエッセイは、小説の歴史を考える上で大きな意義を持つのではなかろうか。

＜ジョンソンとロマンス──『女キホーテ』を通して＞

　一方、上記の『ランブラー』第4号の中で、同時代の写実的小説と相対するものとして提示されるのが、超自然的存在や想像上の事物を方便に用い、騎士や王女の登場する「英雄的ロマンス」である。ここからはジョンソンのロマンスに対する考え方について、反ロマンス小説『女キホーテ』やその評価を通して論じてみたい。

　『ランブラー』においてジョンソンは、「前代のフィクション」である「英雄的ロマンス」が決まり切った人物や筋を踏襲していると批判し、「なぜ、上品で洗練された時代にこれほど長く、このような想像力の荒々しい傾向が受け入れられて来たのか理解しがたい」（Johnson ①, vol. 3, 19）と述べる。しかし読者の要求がある以上、作者は「批判を受ける恐れも、勉学の労苦も、人間性についての知識も、人生経験もなしに」作品を生み出し続けてきた。つまり英雄ロマンスは、文学的質の高さや人間性の真実とは無縁の、お決まりの型を繰り返すだけのものだというのがここでの評価である。

　その一方で、前時代に書かれたロマンスでは現実とかけ離れた出来事や情緒が描かれるがゆえに、読者がそれを自分にあてはめてしまう危険はほぼ皆無であり、登場人物の性質も偉業・悪行も、自分とは別世界の人間が別種の行動原理に基づいて起こす行動として、読んで楽しむことができるという特徴も指摘されている。

　ここで注目したいのは、ジョンソンが決してロマンス物語の魅力を全面的に否定はしていないという点である。現実的な有用性も道徳的教訓も得られないにせよ、特に無知で未熟な読者にとって、自分とかけ離れた世界の冒険物語として楽しめると認めているのである。ボズウェルの『サミュエル・ジョンソン伝』によれば、ジョンソンの古くからの知人が、ジョンソン自身子供時代には騎士物語を愛読し、生涯その愛着は変わらなかった

ことを証言している（Boswell, vol. I, 49、中野訳、第 1 巻、20）。一方で、彼は自分がロマンスに読みふけったせいで精神的に不安定な性格になり、安定した定職に就くことを妨げたのではないかとも考えていたようだ。ロジャーズは、ジョンソンが、シャーロット・レノックスの「反ロマンス的」な『女キホーテ』執筆に励ましの言葉を与えたのも、「そうした彼の心配と軌を一にするものであったのかもしれない」と指摘する（ロジャーズ、82）。言いかえればそれだけ、ジョンソンが、ロマンスが読者を惹きつける誘引力の強さを認めていたということではないだろうか。

　ではここで、レノックスの『女キホーテ』についてより詳しく考えてみよう。先に述べたように、この作品はジョンソンとフィールディング双方から高い評価を受けた。出版の 11 日後、1752 年 3 月 24 日付で、フィールディングは自らの発行する雑誌『コヴェント・ガーデン・ジャーナル』24 号にこの作品の書評を掲載し、『ドン・キホーテ』と比較した上で、出来事や人物設定の信憑性において勝っていると評価した（Fielding ①, 158-161）。またジョンソンはこの作品を執筆中のレノックスにリチャードソンともどもアドバイスを与え、さらに出版時にミドルセックス伯への献辞を書いたのもジョンソンだと言われている。また、最後から 2 番目にあたる第 9 巻第 11 章について、その大部分をジョンソンが書いたのではないかという説がある（ただし確たる証拠は見つかっていない）（Gilroy, xxxix）。この章ではヒロインのアラベラが、医師にして文芸の学識豊かな人格者である「ドクター」なる登場人物とロマンスについて意見を交わし、自分の過ちに気付くという鍵になる場面が描かれている。「作者の意見では、この物語で最良の章」（Lennox, 411）という章題がつけられたこの章のロマンス論争の中で、「ドクター」は『ランブラー』第 4 号さながらに、若く経験の浅いアラベラに実際の人間とロマンスのヒーロー、ヒロインほどかけ離れたものはない、と説き、代わりに読むべき小説の例としてリチャードソンの『クラリッサ』を挙げるのである（421）。

　実はフィールディングは書評の最後で、『女キホーテ』で諷刺されているようなロマンス自体が既にイギリスでは流行遅れである、と認めている（Fielding ①, 161）。それにもかかわらずレノックスがこのような作品を書き、さらにジョンソンやフィールディングが高評価を与えたのはなぜなのだろうか。

その答えへの一つの手がかりを、「将来を見込むことについて」と題された『ランブラー』第2号に見出すことができるのではないか。ジョンソンはこの中で、人間は常に遠い将来への期待を抱いて暮さずにはいられない、と指摘するが、その中でドン・キホーテに言及し、読者を始め人間は誰もキホーテと同じだと述べている。ドン・キホーテが、騎士たる自分の優れた武勲が認められた暁には壮大な栄誉が待っていると夢想するのを読んで笑いや同情を禁じ得ない読者も、実は程度の差こそあれ同じような夢を抱いている。キホーテへの同情や笑いは、実は同じように失望を味わったり滑稽だったりする自分自身に向けられている、というのである。さらにジョンソンは続けて、あまりにも期待を抱きすぎることへの警告を述べるが、その中で特に「作家という名に憧れる人種ほど、幸福への過大な期待に警戒すべき人々はいない」(Johnson ①, 11-12)。「活発な想像力」の持ち主であるがゆえにすぐ膨大な期待を膨らませてしまうのが「文筆家の病」だと警告し、読者側のいろいろな問題で、期待通りにはなかなかいかないものであり、作家個人の努力や学識、才智以上のものがなければ名声には結びつかない、とエッセイは締めくくられる。

　つまり、作家としての成功という壮大な夢を抱いては失望を味わう作家の姿が、ロマンスの世界を現実と思い込む『ドン・キホーテ』や『女キホーテ』の滑稽さとどこか重なり、ジョンソンやフィールディングを惹きつけたという見方も可能なのではないか。ジョンソンが指摘するように、それはまた読者自身の人生にも当てはまり、読者はアラベラの現実認識までの数々の失敗を笑いながら、その中に自分を投影していたのかもしれない。

＜ 'My dear, dear Dr. Johnson'
　　——ジョンソンと「女キホーテ」たち＞

　『女キホーテ』の成功にジョンソンが大きく貢献していたことは、前に述べた。1750年にレノックスの最初の小説『ハリオット・スチュアートの生涯、本人による』が出版された際、ジョンソンはアイヴィー・レイン・クラブの会員たちと徹夜のパーティを開いて祝ったと伝えられているが、(Gilroy, xv-xvi; 永嶋, 30-31) その後も直接・間接的様々な形でレノックス

の文筆活動に力を貸すことになる。次作『女キホーテ』を始めとした出版作への献辞、また好意的な書評を書いたことによって、彼女の作品の評価が高められたことは疑いようがない。さらにレノックスを『女キホーテ』執筆時にアドバイスを与えたサミュエル・リチャードソン、出版を引き受けたアンドルー・ミラーに紹介したのもジョンソンであった（Gilroy, xvi）。

レノックスがジョンソンからこのような支援を受けたことは、彼女の作家としてのキャリアにとっていかなる意味を持っていたのだろうか。1750～52 年の『ランブラー』発行によってジョンソンへの評価は飛躍的に上昇し、真面目で哲学的な作風という「作家的自己」の「権威」が確立されていた。N・クラークは、『女キホーテ』出版に際し、そのジョンソンを文学上のパトロンとしてお墨付きを得、人脈を広げたおかげで、ヒロインならぬ作家レノックス自身がロマンスの世界を捨て、「当時最も学識のある男性といえるランブラー氏に比肩する知性を持った女性、賢夫人」として「ジョンソンの世界に仲間入り」することになったと、興味深い指摘を行っている（Clarke, 105-06）。彼女の次の作品がシェイクスピアの研究書であった事実にも、レノックスが知的職業作家として身を立てようとしていた意気込みがうかがえるだろう。[5]

女性作家に対しジョンソンが支援者の役割を果たしたのは、レノックスの場合だけではない。女性蔑視的な立場と考えられることが多かったジョンソンだが、実は彼の交友関係には、当時才女と謳われて活躍した女性たちが数多く含まれており、また『ランブラー』の記事で女性の知的活動を呼びかけたり、『アドヴェンチャラー』の執筆陣に女性を加えるなど、定期刊行物においても積極的に女性の勉学・文筆活動参加を図っていたと言われている（永嶋、31; 江藤、229-30）。

先に日記を引用したファニー・バーニーは、20 代半ばだった 1777 年の 3 月末、父親で音楽学者のチャールズを介してジョンソンと初めて対面した。その翌年初めて出版した『エヴェリーナ』は、すでに見たようにジョンソンから非常に高い評価を受けた。この時期の彼女の日記や日記形式の書簡には、敬愛するジョンソンから激賞された喜びと興奮が溢れている。『エヴェリーナ』の著者が自分であることを家族以外にはひた隠しにしていたバーニーだが、出版後初めてスレイル夫妻の邸宅ストレタムに招かれて滞在し、父親を介して出版の秘密を知ったスレイル夫人から、ジョンソ

ンの称賛の言葉を伝えられたことを嬉しそうに記している。晩餐会ではジョンソンの隣の席を与えられ、「私は彼を本当に崇拝しているので、彼を目にしただけで喜びと尊敬の念が湧いてきた」（Burney, 92）。さらに続く箇所では、ジョンソンを「この国で最も文学に通じた人物と認められ、現在生きている作家の中で最も幅広い知識と最も明瞭な理解力、そして最も豊かな才能を持つ人物」と形容する。当時のジョンソンが文学界の第一人者として、どれほどの影響力を持っていたかをうかがわせる文章である。

そのジョンソンは後の会話で『エヴェリーナ』を絶賛すると同時に、女性作家の躍進ぶりがめざましいことを好意的に評している。「女性が平凡な手紙を書ければ、もうそれだけで嗜み深いとされた時代をよく覚えているが、それが今ではどうだ、女性はあらゆることで男性に肩を並べている」（Burney, 124）。その筆頭として彼はバーニーを挙げ、「どんな男も彼女のような若さであんな本が書けるとは思えない」と、若くして『ウィンザーの森』を書いたポープよりもバーニーが上だと言明している。会話の中での発言ということを考慮するにせよ、「詩の才能を成熟させるのに年齢は必要ない。だが『エヴェリーナ』は、長年の経験を積んで世界を深く知悉した結果の作品に思われる。しかしそのどちらも持たずして書かれた。ミス・バーニーは本当の驚異だ」（125）。ジョンソンにとっては、すぐれた作品を書く者であれば、男女の性別は関係なく評価の対象であることがわかる。このエピソードを記す中で、バーニーはジョンソンのことを「私の親愛なるドクター・ジョンソン」（'my dear. . . dear Dr. Johnson'）と呼び、彼に認められた喜びを表している。

『エヴェリーナ』の成功後、ジョンソンはスレイル夫人や劇作家シェリダン、画家ジョシュア・レノルズらと共に、バーニーに喜劇の執筆を勧めた。それに従って書かれた次の作品が喜劇『利口ぶる人々（The Witlings）』である。結局この作品は、最後の改訂中に父親らの忠告で放棄することとなり[6]、悲痛な日記が残されている。失意の日々の後、再びバーニーが筆を執ったのは劇ではなく小説であり、そのテーマはジョンソンの『ラセラス』と同じ「人生の選択」であった。2年後に出版された『セシリア』は、莫大な遺産を相続した若い女性主人公が自分の生きるべき道を模索し、失敗や失望を重ねながら最後に結婚へとたどり着く、いわば『ラセラス』の主人公を当時の若い女性に置き換えたような物語である。

以上はジョンソンと直接的な交友関係を結んでいた女性作家の例だが、ジョンソンの文学的影響力の大きさは、むしろそれより後の世代に見るべきかもしれない。実際に顔を合わせる機会こそなかったにせよ、著作や伝記を通じてジョンソンに親しみ、影響を受けた作家の例としてジェイン・オースティンを挙げておこう。
　オースティンが生まれた 1775 年にはジョンソンはすでに 65 歳を超えており、この年は彼がオックスフォード大学から名誉博士号を授与された年に当たる。晩年 10 年間は同時代人であったとはいえ、ハンプシャーの片田舎の牧師館で育ったオースティンと、『英語辞典』など偉大な業績で知られ、この 10 年の間も病と闘いながら『イギリス詩人伝』など精力的に活動していたジョンソンとの間を直接結びつけるものは当然見当たらない。しかし、オースティンは少女時代からジョンソンの著作に親しんでいたことが、没後出版された作品に初めてつけられた兄ヘンリーによる伝記「著者略歴」('Biographical Notice') ですでに記されている（「彼女の気に入りの道徳的作家は散文ではジョンソン、韻文ではクーパーであった」）(Henry Austen, 141)。またジェイン自身の持っていた『ラセラス』初版の第 2 巻が残されており、その扉ページには、少女時代の筆跡で彼女の名が記されているという (Le Faye, 57)。
　オースティンの作品にはジョンソンの作品が直接引用されている例もあるが、ここでは、最初に見た『ランブラー』第 4 号のジョンソンの主張と、『ノーサンガー・アベイ』第 1 巻第 5 章での小説擁護論とを比べておきたい。フランス的ロマンスとゴシック・ロマンスという違いはあるが、ヒロインは『女キホーテ』同様「小説 ('novels')」に魅了されるあまり、現実とゴシックの世界を混同してしまう。だが彼女のゴシック小説読書について述べた後、語り手は有名な小説擁護論を展開する。かつてジョンソンが小説読者の特徴として挙げた「無知」という弱点は、語り手によって小説を批判する「敵」の特徴へと転換され、小説を批判する動機として「高慢」「無知」「流行」(Austen, 30-31) が列挙される。そしてバーニーの『セシリア』『カミラ』、エッジワースの『ベリンダ』のような小説こそ、「人間性についての最も十全な知識、人間性の多様さについての最も心楽しませる描写、機智とユーモアの最も活発な発現が最良の言語で描かれた、精神の最も偉大な力が呈示されているもの」であると、賛辞が惜しみなく捧げられる (31)。

小説こそが人間の精神の陶冶・教育に最適の手段であるというこの主張において、ジョンソンの指摘した小説の有用性は最大級に発展を遂げたということができるだろう。

＜おわりに＞

　ジョンソン自身は、『ラセラス』を唯一の例外として長編小説を残してはいない。だが当時の文学界の第一人者として、ジョンソンの発言や散文に残された小説観は大きな影響力を持っていたと言ってよいだろう。『ランブラー』第4号の近代小説論では、同時代を題材とした写実的小説が、読者に親近感を覚えさせられるゆえに道徳的感化力も大きいという点に注意を促し、道徳的書物よりもむしろ小説こそ有用であると述べた。同時にそれは、小説の人間描写においては写実性よりも道徳性こそ必要であるとの主張につながり、二十世紀に至るまで、道徳性と心理描写にすぐれたリチャードソンに対しフィールディングは劣っている、という二項対立的な見方を浸透させる一因となった。

　一方、ジョンソンが『ランブラー』第4号で写実的小説と対置した「英雄的ロマンス」に耽溺し、現実をロマンスのフィルターを通して解釈してしまう若い女性が現実に目覚めるまでを描いたレノックスの『女キホーテ』には、ヒロインの認識を改めるジョンソン的な人物が登場し、その言葉には『ランブラー』の主張が重なってくる。ジョンソンはこの作品を高く評価したがその反面、自分自身、幼年期からロマンスに強い魅力を感じていた。さらに彼は、ロマンスに惹かれるキホーテ像に、成功を夢見ては挫折を重ねる作家、ひいては人間だれしもに共通する要素を見出していたようである。

　レノックスを始め、作家としての成功を夢見て努力を重ねる「女キホーテ」ならぬ女性作家の中には、尊敬するジョンソンの称賛に大きな励ましを受けて執筆に取り組んだり、実際に彼を介して作家としての道を開拓した例があった。そして直接関わることのなかったジェイン・オースティンのような作家においても、ジョンソンの唱えた小説の効用をさらに一歩発展させて独自の小説擁護論を展開し、小説の地位の格上げを図ろうとした

ことが見て取れる。このように、ジョンソンは近代小説の作家たちが小説の意義と機能について模索する中で、大きな役割を果たしたと言えるだろう。

注

1 たとえば、「時計がどうやって作られるか知っている人間と、文字盤をみて時間が分かるだけの人間との違い」(Vol. II, 49)「君、リチャードソンの手紙1通のほうが『トム・ジョーンズ』全編よりも、人の心について多くの知識を含んでいるのだよ」(Vol. II, 174-5) などの発言がある。

2 この理由としてジョンソンとリチャードソンとの個人的な親交や、以前借金で投獄された際に援助を受けた恩義の念などといった私的な感情を挙げる見方もあれば、本心というよりも発言を強く印象付ける効果を狙ったためだとの考え方もある (Michie, 71)。

3 1735年に出されたジョンソン初の出版物『ロボ神父のアビシニア旅行記』は、ポルトガルのイエズス会神父の旅行記のフランス語訳からの英訳であったが、そこにジョンソンが付した序文と上の主張を比較すると興味深い。序文において彼は、ロボ神父の叙述が想像力でなく理性に則って自然を忠実に模倣したものであると評価し、その例として、神父が異国の文化や民族性について述べるに当たり大げさで非蓋然的な常套的描写を用いず、「どこであろうと人間の性質は常に善悪の混淆、感情と理性の葛藤」(Johnson ②, 41) であることを発見した点を指摘する。「歴史的真実性」を道徳性より優先したこのような評価と照らし合わせると、彼のフィクションに対する道徳的な姿勢がより明確になるのではないだろうか。ただし実際の『旅行記』は、「翻訳といっても要約あり改変あり付加ありといった変幻自在の代物」であったというのが面白い (永嶋、26)。

4 一方この序文には、ジョンソンの見方と共通する主張も述べられている。たとえば、フィールディングは「一般にロマンスと呼ばれている大量の作品」(スキュデリー夫人などによるフランス風ロマンス) と小説を対比し、前者には「教訓も楽しみもほとんど見られない」と批判した (Fielding ②, 4)。また「喜劇的なもの」と「バーレスク」の区別を明確化し、喜劇的小説作者は自然を歪ませることなく正しく写し取ることが大事だと強調している。

5 レノックスはジョンソンとその知人で作家・文芸のパトロンであった初代オレリー伯爵ジョン・ボイルの協力を得て数年来の計画を実らせ、1753-54 年、シェイクスピアのロマンス劇と材源作品をイタリア語・フランス語などから翻訳して批評した『シェイクスピア・イラストレイテッド』を出版した。この研究は、シェイクスピアが時に材源の価値を損なったと指摘し、特に材源と比べてシェイクスピアの女性像を批判するなど大胆な試みだったようだが（Gilroy, xvii）、当時はほとんど評判を呼ぶことがなかった。クラークを参照（Clarke, 106-11）。
6 『利口ぶる人々』でバーニーが試みた革新的な内容と上演挫折の背景については千葉氏の論考が詳しい。

[参考文献]

Austen, Henry. 'Biographical Notice of the Author (1818)'. J.E. Austen-Leigh, *A Memoir of Jane Austen and Other Family Recollections*. Ed. Kathryn Sutherland. Oxford World's Classics. Oxford: Oxford UP, 2002, 135-44.

Austen, Jane. *Northanger Abbey*. Eds. Barbara M Benedict and Deidre Le Faye. *The Cambridge Edition of the Works of Jane Austen*. Cambridge: Cambridge UP, 2006.

Boswell, James. *The Life of Samuel Johnson, LL. D*. Eds. G. B. Hill and L. F. Powell. 6 vols. Oxford: Clarendon Press. 1934-64. 中野好之訳。『サミュエル・ジョンソン伝』全3巻。みすず書房、1981-83 年。

Burney, Frances. *Journals and Letters*. Eds. Peter Sabor and Lars E. Troide. London: Penguin. 2001.

Clarke, Norma. *Dr. Johnson's Women*. Hambledon&London: 2000. Pimlico, 2005.

Fielding, Henry. *The Covent-Garden Journal and A Plan of the Universal Register-Office*. Ed. Bertrand A. Goldgar. *The Wesleyan Edition of the Works of Henry Fielding*. Oxford: Clarendon Press. 1988.（Fielding ①）

———. *Joseph Andrews*. Ed. Martin C. Battestin. *The Wesleyan Edition of the Works of Henry Fielding*. Oxford: Clarendon Press. 1984.（Fielding ②）

———. *The History of Tom Jones: A Foundling*. Ed. Fredson Bowers. 2 vols. *The Wesleyan Edition of the Works of Henry Fielding*. Oxford: Clarendon Press. 1975.（Fielding ③）

Gilroy, Amanda. Introduction to *The Female Quixote*. London: Penguin, 2006.

Hunt, Russell A. 'Johnson on Fielding and Richardson: A Problem in Literary Moralism'

The Humanities Association Review, 27: 4 (Fall 1976). 412-420. http://www.stthomasu.ca/~hunt/johnson.htm.

Johnson, Samuel. *The Rambler.* Eds. W. J. Bate and Albrecht B. Strauss. Vols. 3-5 of *The Yale Edition of the Works of Samuel Johnson*. New Haven: Yale UP, 1969. (Johnson ①)

―――. 'Preface to Lobo, A Voyage to Abyssinia (1735)' *Samuel Johnson*. Ed. Donald Greene. *The Oxford Authors*. Oxford: Oxford UP, 1984. 41-43. (Johnson ②)

Le Faye, Deidre. *Jane Austen: A Family Record*. Cambridge: Cambridge UP. 1989. 2nd ed. 2004.

Lennox, Charlotte. *The Female Quixote*. Eds. Amanda Gilroy and Wil Verhoeven. London: Penguin. 2006.

Michie, Allen. *Richardson and Fielding: The Dynamics of a Critical Rivalry*. London: Associated University Press. 1999.

江藤秀一「幸福と平和を求めて――随筆家としてのジョンソン」江藤秀一・芝垣茂・諏訪部仁編著『英国文化の巨人　サミュエル・ジョンソン』港の人、2009年、226-40。

千葉麗「劇作家になりたかった小説家――フランシス・バーニー『利口ぶる人々』（一七七八－八〇）――」十八世紀女性作家研究会編『長い十八世紀の女性作家たち――アフラ・ベインからマライア・エッジワースまで――』英宝社、2009年、85-112。

永嶋大典「ジョンソンの生涯」江藤秀一・芝垣茂・諏訪部仁編著『英国文化の巨人　サミュエル・ジョンソン』港の人、2009年、23-48。

ロジャーズ、パット『サミュエル・ジョンソン百科事典』永嶋大典監訳、ゆまに書房、1999年。

第3章

フィクションとしての『スコットランド西方諸島の旅』
大英帝国と尚武の精神

浦口　理麻

<序>

　「しかし君の友人だが」オーグルソープは続けた。「君の友人――ポープの詩を適切にも引用したサミュエル・ジョンソン氏だが、彼はイングランド人だ。よって君とは事情が異なる。ジョンソン氏が国境を越えるのを認めるわけにはいかない」。
　「彼は、私が王子の軍に合流するまで一緒についてくるだけです」アラステアはそう告げた。
　「いや」ジョンソンは叫んだ。「あなたは私たちに嘘をつかなかったから、私も正直に言おう。私の望みは、王子の軍に合流し、友の側に立って戦うことなのだ」。

　大のスコットランド嫌いで有名なサミュエル・ジョンソンが、実はボニー・プリンス・チャーリーの側に立ちイングランド軍と戦おうとするジャコバイトであったとしたら――事実であるとしたら、驚くべき事実である。しかし、当然のことながらそのような事実は存在しない。これは冒険小説を多数執筆したスコットランド人作家、ジョン・バカンの『真冬』の一場面である（192）。
　ボニー・プリンス・チャーリーの大義に共感を覚えるイングランド人の一人として、ジョンソンが選ばれたのはなぜだろう。もちろん、ジョンソ

ンがジャコバイト寄りであった可能性が高いことが理由の一つとして挙げられるはずだ。[1] しかしながら、バカンは意表を突く設定を得意とする作家である。バカンはジョンソンが世間では大のスコットランド嫌いとして通っていたという事実を利用したのではないか。スコットランドを嫌っていたはずのジョンソンが、実はジャコバイト反乱に協力していたとしたら——実にバカンらしい設定だ。

　そもそも、「スコットランド嫌いのジョンソン」が人口に膾炙した原因は何だろうか。彼の編纂した辞書における「カラス麦」の定義がその一因であることは間違いない。[2] その定義ゆえに、「スコットランド嫌い」という言葉はまるで枕詞のようにジョンソンに付きまとうこととなった。

　果たして、ジョンソンは本当にスコットランドを嫌悪していたのだろうか。スコットランドの「政治」、「宗教」ということに答えを絞るなら、そうであると言わざるを得ない。ホイッグそして長老派の思想は、トーリーであり英国国教会の信者であるジョンソンとは真っ向から対立するものであった。しかし、そんなジョンソンが晩年にはボズウェルを伴い、自ら望んでスコットランドへと旅に出ているのである。当時ジョンソンは60代半ばであり、北への旅は楽なものではなかっただろう。ロンドンを離れることの少なかったジョンソンが（Rogers, 24）、スコットランド行きを決断したという事実だけでも、ジョンソンを単に「スコットランド嫌い」と評してしまうのに無理があることへの十分な論拠となる。

　ジョンソンはこの旅の記録を『スコットランド西方諸島の旅』（以下『旅』）として出版した。ここでいくつかの疑問が生じる。第一に、彼はどのような意図を持ってスコットランドに向かったのか。次に、ジョンソンはどのような旅行記を書き上げようと思ったのか、そして、結果的にどのような旅行記が世に出されたのか。

　ジョンソンがスコットランドに向かった理由、それは自国イギリスの一部でありながらも未知の部分、未開の部分を抱えた異質な地域のスコットランドを論じることを通して、イギリスという国のあり方を考え直すためだと言える。イギリスの一部である以上、スコットランドはジョンソンにも大きな影響を与える存在であった。次に、ジョンソンが目指した旅行記は同時代のスコットランドを題材とした文学作品とは一線を画した旅行記であった。ジョンソンは読者の感情や想像力に訴えかけながら歴史の形成

を試みるのではなく、ありのままの事実を文字化することにより客観的な歴史を紡ぐことを試みたのである。最後に、実際に出来上がった旅行記であるが、これはジョンソン個人のスコットランド観を反映した、主観性が入り込みフィクションの要素を持つ旅行記となった。ジョンソンの旅行記もまた、同時代人たち同様想像力に訴えかけながらの歴史構築という側面を持っているのである。そしてこの旅行記の中でスコットランドは、商業化が進むイギリス帝国の中で失われつつある尚武の精神を保ち続けるという、精神的な支えとなる役割を求められている。

　本論では以上三つの問いに対する答えを、ジョンソンの旅行小説、『ラセラス』を踏まえながら検証していくことにする。

＜ジョンソンの旅の目的と理想の旅行記＞

　　「王子」彼（イムラック）は言った。「もし王子が世界の窮状を見たことがあれば、今自分が置かれた状況に感謝するでしょうに」。「今」王子は言った。「あなたのおかげで私は望むものが出来ました。私はこの世界がどんなに悲惨なのかを見てみたい。実際に見ることが、幸せには不可欠だと思うから」(Johnson ②, 8)。

　本章では、なぜジョンソンがスコットランドへ旅に出ることにしたのか、彼の目指した旅行記とはどんなものだったのかを考察する。
　ジョンソンは旅行記の序文で、旅に出た理由を「覚えていない」と言っているが（3）、ジョンソンのこの言葉をそのまま受け取ることはできない。ジェイムズ・ボズウェルの旅行記によると、ジョンソンの旅への欲求は、マーティン・マーティンのスコットランド旅行記を読むことにより引き起こされたようである（Boswell, 167）。しかし、これだけでは十分な理由とは言えない。ジョンソンの時代には南へと向かう旅行が流行っていたにもかかわらず、ジョンソンは北へ向かった。[3] スコットランドの気候もイタリアに比べて良いとは言えないし、文化的にもイタリアと同等のものがあるとはとても思われない。なぜわざわざ自分から茨の道へと向かうようなことをしたのか。

その答えは『ラセラス』の中に見出せるかもしれない。この章の冒頭の引用は、『ラセラス』の主人公ラセラスの台詞である。「幸福の谷」に幸福を見出すことができないラセラスは、あえて恵まれた境遇を捨てて、世界の悲惨な状況を見て回ろうと考えるのだ。そしてそうすることが、結果的に幸福とは何かを教えてくれると信じているのである。
　もちろん、物語の主人公ラセラスと作者のジョンソンを完全に同一視することはできない。ただ、『ラセラス』はジョンソンが一週間で書き上げた作品であり、それゆえ構成などには雑なところが見られるものの、ジョンソンが技巧なしに勝負した作品であるとも言える。経験を重要視し、孤独から生まれるメランコリーを批判する作品『ラセラス』は、ジョンソンの哲学的立場と非常に類似した価値観を提示する作品である。
　ジョンソンは『旅』の中でハイランドの現状を「人口が少なく、食料は乏しく、荒れ果てて貧しい状態であるためにほとんど喜びも得られない」(156) と言い、「そのような国を旅することは自分の国を満喫することにつながる」(138) と述べている。ジョンソンは悲惨な状態にあるスコットランドを見ることで、自分の国の現状を再評価することを試みたのではないか。もしラセラスとジョンソンの思想に重なるところがあるという前提で話を進めることができるのならば、ジョンソンの旅はラセラス同様、「外の世界を見たい」という強い欲求から生じたもので、自身の国イギリスの幸福のため、イギリスを見直すためには決して欠かすことのできない旅だったと言うことができる。
　さて、スコットランドに旅に出たジョンソンは、のちにこれを旅行記として出版する。自身が旅先で経験したことを、旅行記という形あるものとして残すことは、ジョンソンにとってどのような意味があったのであろう。
　この問題を考えるには、ジョンソンと『オシアン』との関わりを取り上げる必要がある。[4]『オシアン』はジェイムズ・マクファーソン翻訳による古代ケルト戦士たちの物語である。『オシアン』の試みたことは「想像力による歴史の再構築」(三原、228) であった。つまり、読者の感情に訴えかけることでスコットランド人のナショナリズムを高揚させようとしたのである。
　マクファーソンはこの物語を発見し、自分が翻訳して出版したと言い張ったのだが、ジョンソンは決してそれを認めず、『オシアン』の原本は

存在せず、マクファーソンの自作の詩であることを主張した（Johnson ③, 118）。[5] 文字を持たない人々がどうやって記録を残すことが出来るのかとジョンソンは思っていたのだろう。彼は決して『オシアン』を信用しなかった。確かに、もしマクファーソンがありもしない原本を「存在する」と主張して作品を作り上げたのならば、それは嘘に基づいて作り上げられた作品であり、自分の目で見ることにあれほどまでにこだわったジョンソンには到底受け入れがたいものであったに違いない。自らの都合のために祖国の過去について事実を捻じ曲げ、歴史を捏造するスコットランド人に対して、ジョンソンは警戒心を示していたのである（金津、128）。

　ジョンソンの『旅』は、直接体験に基づく観察を行うことの大切さを示そうとしている点で、事実よりも想像力によって歴史を構築しようとした『オシアン』とは対照的である（三原、226）。ジョンソンはできるだけ主観的で感傷的な描写は避け、自分が目で見たものを一つ一つ丁寧に描写していく。まるで『オシアン』に対する返答がこの作品であると主張しているかのようである。『旅』にはジョンソンが風景を描く場面が何度か見られるが、それらは決して感情におぼれたものではなく、[6] むしろジョンソンは「ロマンス」（77）だとか「ゴシック・ロマンス」（40）といった言葉をあえて使い、読者に意識させることで、そのような読みを遠ざけようとしているかのように思われる。

　また、ジョンソンの『旅』と旅先で書かれたスレイル夫人への手紙との違いからも、ジョンソンが客観性を重視したことがわかる。ジョンソンは手紙で書いた内容を『旅』では削り、より客観的であろうと努めているのである。[7]

　しかしジョンソンが客観的であろうと努めれば努めるほど、皮肉にも『旅』は恣意的に作り上げられたフィクションの様相を呈していくのは否定できない。この事実に対しパット・ロジャースは「ジョンソンにとってのスコットランドは、精神的な構築物なのだ」という説明を与えている（138）。ロジャースの述べるように、『旅』においてジョンソンはあえて個人的な事柄や主観的と思われる個所は省いた上で、自身にとって都合のいい「スコットランド」を作り上げようとしているのだ。その点に関しては、後に詳しく論じることとする。

<「高貴な未開人」の不在
　──ハイランドが抱える問題点とその解決策>

> 羊飼いたちは粗野で無知であり、自分たちのつとめの良い点と悪い点とを比べることもほとんど出来なかった。そして彼らの話や描写は不明瞭で、彼らから学べることはほとんどなかった。しかし、彼らの心が不満により腐敗していること、そして自分たちは金持ちの贅沢のために働くよう強いられているのだと考えており、馬鹿げたことに自分より上の立場の者を敵視していることは明らかであった。(Johnson ②, 49)

　ジョンソンの旅の目的と彼の旅行記の特徴がここまでで明らかになった。次に、ジョンソンがハイランド、ローランドをどう扱ったかを論じてみたい。

　ジョンソンの旅には一つの特徴がある。それは、スコットランドの中でもハイランドに焦点を当てている点である。エディンバラやグラスゴーに関してはさほど説明を加えていない。ジョンソンが「スコットランド」について、または「イギリス」について考えるときに頭にあったのは、商業化されたイングランドと未開の地ハイランドの折り合いをどうつけるかということだった。

　ジョンソンの筆はハイランドに入ると一気に進む。ジョンソンは「高貴な未開人」に会うことを期待し、ハイランドの現状を把握しようと試みる。ジョンソンの関心はあくまでも現在の時点でのハイランドの状況、そしてハイランドに住む人々の風俗であり（54）、景色に関する関心もなくはないものの、過去の遺跡などにはそれほど関心を示さない。「私の関心は石を積み重ねたものや盛り土にはありません。私の関心は人間にあるのです」──これはジョンソンの台詞ではない。ラセラスの台詞である（Johnson ②, 73）。ジョンソンの関心は、彼のキャリアの中で常に変わることなく「人間」に向けられていた。

　しかし、本当に高貴な未開人は存在するのか。その答えは、この章の初めに挙げた『ラセラス』の引用を見る限り、ジョンソンには前からわかっていたように思われる。ハイランドでは彼は失望を覚える。そこで彼が見

たのは、文明化されず不平とともに暮らす人々の姿であった。目の前にあるものを観察し続けてジョンソンが発見したものは、未開人は決して文明人よりも優れている訳ではないという事実である。

　ジョンソンが挙げるハイランドの生活の問題点は多々あるが、その中でも注目したいのは、ハイランドの人々が文盲であるという事実である。文字を持たない人々の伝える歴史は当てにならないという意見はジョンソンが常々抱いていた考えで、『旅』内でも言及されている（51）。ハイランドには歴史が存在しないも同然なのだ。さらに悪いことに、彼らは無知から生じる恥ずかしさ、無知であることを恥ずかしいと思う気持ちも持っていないし、知識に対する誇りもない。そしてその無知は、歴史全体の消去へつながる。

　　しかし、族長たちは時に無知で軽率であったし、騒ぎや争いに翻弄されていた。そして一世代もの間無知がはびこれば、歴史のつながりなど書きとめられない限り忘れ去られてしまう。本というものは、正確な保管場所だ。多少放っておかれたり忘れられたりしても、再び開かれればその教えをもう一度伝えてくれる。一方記憶は、一旦中断されればもう思い出されることはない。（Johnson ③, 111）

本は当てになる。記憶は当てにならない。客観性を重視したジョンソンにとって、文字がなければ歴史はないも同然であった。

　ジョンソンにとって、ハイランドは歴史のない地域である。では、文字を持たないこの地域の歴史を誰が作り上げるというのか。想像力に頼って歴史を構築しようとしたマクファーソンはジョンソンのやり玉に挙がった。ジョンソンは、客観的、冷静に人々の風俗を文字で記録することにより、自らがこの旅行記でハイランドの歴史を作り上げようとしている。『旅』でのジョンソンは、それまでハイランドにいた吟遊詩人に取って代わろうと試みているかのようである。

　ハイランドの窮状を精神面で救う役割を、歴史を綴ることでジョンソンが担うとしたら、ハイランドの物質面での窮状はどうしたら解決できるのか。スコットランドの、そしてイギリスの幸福には何が必要なのか。ジョンソンが考えるハイランドの問題点の一つは人口流出の問題である。そし

て、もう一つは、ハイランドの商業化の問題——ハイランドはイングランド同様商業化されるべきなのか、それとも他の道を探すべきなのか——である。

　人口流出はどれほどの規模のものだったのか。ジョンソンは少々大げさかもしれないが、人口流出の問題の深刻さを「他の肥沃な地域なら、住民が流出すればそれを埋め合わせるかのように人が移住してくるが、ヘブリディーズ諸島では住民が失われたらそこは無人のままだ。他の地域で生まれたものはスコットランドを居住地としては選ばないからだ」(Johnson ③, 96) と説明する。このままではスコットランドの島々は無人島になってしまう。解決策は何かあるのか。ジョンソンはハイランドを商業化することには賛意を示していない。とはいえ、商業の代わりとなる農業、林業においても、ハイランドは芳しい成果をあげていない。

　人口の流出に歯止めをかけるにはどうしたら良いのか。そしてハイランドに残った人々は、何を頼りに国を発展させれば良いのか。この二つの問いに対するジョンソンの答えは同じものである。それはハイランドに再び武装化を認めるということだ。

　まずは、商業への代替案としての武装化について検討してみたい。ジョンソンは、ハイランドの武装解除が悪い点よりも良い点を生み出したのかどうか検討の余地があるとして議論を始める (Johnson ③, 90)。ジョンソンは、「尚武の精神」が失われたことは、ハイランドにとって打撃であったと述べる。そして、一つの国が必ずしも商業に従事する必要はないと述べ、尚武の精神は必要であるし、もしその精神が保たれるなら、ハイランドの地ほど良い場所はないと述べる。

　　これが、今世紀初めのハイランドの状況であった。皆が戦士であり、国家の威信を持ち、国家の名誉に関心があった。この精神を失うことは、小さな利点では補うことのできないものを失うことである。

　同様に、以下のことも問うに値するだろう。大国は、完全に商業化されるべきなのか。社会の事情がいろいろと不安定な中で、幸福の一つの形にあまりにも肩入れしすぎることは、他の幸福の形を危うくしないだろうか。富の誇りがときに勇気の保護を頼ることはいけないことなのか。そしてもし、帝国のどこかに尚武の精神を残さないとなら

ないとしたら、遠方で利益を生み出さない地方以外に、より適切にこの精神を存続させることができる場所があるのだろうか。その場所では、一般に尚武の精神は害にならず、そのためどんな緊急事態でもその精神を奮い起こすことができるのだ。(Johnson ③, 91-92)

ジョンソンは商業化を推し進めるイギリスの政策には疑問を持っており、国全体、特にハイランドまでも商業化してしまうことには賛成でなかった。イギリスにおいてハイランドが担う役割は何かと言えば、それは「尚武の精神」を保つことなのである。[8]

　ここで触れておく必要があるのは、ジョンソンがハイランドの住民に武器を持たせると言う際、ジョンソンの頭にあるのは民兵であったということである。この時代、スコットランドで盛んに議論されたのは、常備軍と民兵どちらが国を防衛するのに望ましいかという問題であった。ここで『旅』を少し離れ、彼の政治的パンフレットを見てみることにしよう。

　ジョンソンは、他の国から傭兵を雇い入れることには反対していた。その立場を示したのは1756年に書かれた「ロシアとヘッセンとの条約に関する考察」においてである。「自国を守るのはその国民だけで十分であり、武器は自分たちの手に託されるのが一番安全である。強さ、能力、勇気、どれをとっても他のどんな優れたヨーロッパの国にも劣らない」とジョンソンは述べる (182-83)。ジョンソンにとって外国から傭兵を雇い入れるというのは、金銭的な面で不利益をもたらすというよりも、自国の強さや能力、そして尚武の精神の喪失という精神的崩壊をもたらすものであったのだろう。

　そんなジョンソンであるから、常備軍と民兵の問題に関しても効率より精神性を重要視したとしても不思議ではない。ジョンソンは、1756年に出された民兵法案に賛成の意を表明したパンフレット、「民兵法案についての見解」を書いている。もちろん、民兵には問題もある。しかし、ジョンソンの結論を一言でまとめるならば、「平和時の横柄さというのは戦争時の勇気」(Johnson ①, 284) なのである。ジョンソンにとって何より重要なのは、常備軍という分業によって生まれる効率性よりも、民兵が生み出す尚武の精神なのである。

　ジョンソンが『旅』においてハイランドの住民を武装させると言ったと

きにも、彼の頭にあったのは民兵だった。

> 小さな国が、無防備であるにも関わらず、恐れることなく自信を持って農産物を収穫し家畜を世話しているところを想像するのは、気持ちが良く、勇ましい喜びを感じられる。そこでは壁や壕は無価値で、誰もが剣を傍らに安心して眠るのである。(Johnson ③, 91)

いつでも誰もが戦うつもりで準備をしながら平和に暮らす社会がジョンソンの理想であった。ハイランドの未来を語るときに彼がそこに投影するヴィジョンというのは、彼がイギリスの防衛を考えたときに持っていたヴィジョンと同じである。

> この法案は基本的な部分においては良い法案である。民兵制度の基本原理が含まれており、この王国では非常に役に立つかもしれない。この法案があれば私たちは侮辱や侵略から自分たちを守ることができ、人々が自身の手に剣を持つようになる。(Johnson ⑤, 166)

イギリスの防衛における理想を体現できるのがスコットランドのハイランド地方だと、ジョンソンは考えていたのである。

次に、ハイランドからの人口流出問題への解決策としての武装化について検討する。ジョンソンは、武器を持たせることを許可すればハイランドの住民をスコットランドに留めることができるのならば、そうすれば良い、彼らを軍隊に誘うには民族衣装を着ることを認めれば良いと主張する。

> 彼らを軍隊に誘うためには、民族衣装を着続けさせてやることが適切だと考えられた。もしこの譲歩が何らかの効果を持つとしたら、容易に譲歩はなされるであろう。外見の相違により私たちはハイランドの住民とその他の国民とを区別していたし、もし着ることを許せば、ハイランド人たちがペンシルヴァニアやコネティカットの人々と同化しようとすることもなくなるだろう。もし武器を返すことで彼らが祖国と和解するのなら、もう一度彼らに武器を持たせてやろう。植民地よりも自国で武器を持たせる方が、有害ではないだろうから。(Johnson ③, 97)

スコットランドの衣服を身に付け「他の国とは違う」という意識を持つことが、彼らがスコットランドを去りアメリカの国民となろうとする行動を抑制する。武装する、民族衣装を着る、他の国との違いを明らかにするということは、ジョンソンが考えるに、ただ防衛のためだけの行為ではない。そこに含まれる愛国心、勇気、そして自分たちのアイデンティティを一目で示すシンボルとしての意味が重要なのである。そもそもスコットランドからアメリカへの移民が増えたのは人災であるのだから（Johnson ③, 96-97）。スコットランドの人口減少が、イギリス帝国が進めた商業化に端を発するならば、ハイランドはここで方向転換をするべきなのである。

　本章を通して、ジョンソンが指摘したハイランドの問題点とその解決策を検討してきた。では、こういった考察を含んだジョンソンの旅行記は、ジョンソンが望んだように客観的な歴史記述の作品として完成されているのだろうか。次章ではこの点を検討したい。

＜フィクションとしての旅行記
――尚武の精神の復活とスコットランドの役割＞

　　王子は小さな王国を望んだ。そこでは彼自身が法を管理し、自分自身の目で政府のすべてを監督する。王国の範囲は決して定めることが出来ず、常に臣民の数は増え続ける。…
　　…こういった望みが得られないことはよく分かっていた。何ができるかをしばらく熟慮したのちに、洪水が終わったらアビシニアに帰ることを決めた。（Johnson ②, 123）

　初めに、この旅行記が客観的な記述を集めた記録として完成しているかどうか、つまり事実を中心としたスコットランドの歴史構築がなされているかどうかを考察したい。次に、『旅』が『オシアン』のアンチテーゼになっているのかどうか検討し、最後に、ジョンソンがスコットランドとイギリスとの関わりをどう描いたのかを論じていく。
　ハイランドの住民に再度武装を許可する案に関しては、旅行記の「スカ

イ島　オスティグ」の項目で述べられているが、この項目は他の項目と比べて異質な箇所である。その例を三点挙げてみよう。第一に、他と比べて非常に長い。第二に、そこではジョンソンが観察したもの、目で見たものの描写よりも、ジョンソンの意見が占める割合が高くなっている。そして最後に、この項で述べられるハイランドの武装化に関するコメントは、旅先から出されたスレイル夫人への手紙では言及されていない。つまりこの項目は、ジョンソンが旅行から帰ったのち旅行記をまとめる際にあとから付け足した考察部分なのである。客観性にこだわったジョンソンの旅行記だが、この項目はジョンソンの主観、つまりジョンソンのスコットランドの未来への考察が示されている箇所なのだ。この項目に限って言えば、客観的な記述を集めた旅行記であるというより、ジョンソンの個人的見解が示された政治的パンフレットであるという印象が強い。

　また、ともに旅をしていたボズウェルの旅行記と比べると、ジョンソンの記述が彼の本音なのかどうかということに疑いが出てくる。ジョンソンはハイランドの武装化と関連して、スコットランドの封建制のメリットを述べている。一方、ボズウェルの記録によれば、現在の生活よりも封建制の頃の生活の方が幸せだったのではないかと問うボズウェルに対して、ジョンソンは次のような返答をしている。

　　確かに、族長にとってはそうだろう。ただ、個々人についても考えなくてはいけない。封建制の頃は、彼らが今よりも幸せでなかったことは明白だ。封建制においては誰もができるだけそこから早く逃げ出したいと望み、いったん抜け出したら誰も戻ってこない。現状よりも封建制度の方が幸福を生む制度とはとても言えない。これが族長、つまり力を持つ者に頼っている状態の実情なのだ。(Boswell, 226-27)

どちらがジョンソンの本音なのか。これはスカイ島に渡る前になされた会話であり、スカイ島に渡ったのちにジョンソンは封建制を認める発言をしている上に、実際に出版された旅行記で封建制を認める発言をしているのであるから、旅行記の記述を信用するのが妥当かもしれない。いずれにせよ、ボズウェルのテキストと並列して置かれることにより、ジョンソンの発言に揺るぎが生じ、曖昧さが生じる。これはジョンソンが目指した「正

確で客観的な記述による歴史構築」に反することである。ジョンソンの旅行記は、やはり「精神的構築物」であり、客観的で疑問の余地のない旅行記と呼ぶことはできないだろう。

では、『旅』は『オシアン』のアンチテーゼとして成立しているのか。ジョンソンは、ハイランドは商業化される必要がなく、尚武の精神を保てば良いとしている。スコットランドの未来を考えるにあたり彼が頼りにしたのは皮肉にも『オシアン』が拠り所としたのと同じ武勇の精神だった。ジョンソンの武装化に対する考えを「ロマンティック」と評する者もいる(Henson, 107)。尚武の精神は失われてしまったもので、スコットランドのローランドにも商業化の波が押し寄せ分業という概念が広まる中、民兵による尚武の精神がもう一度ハイランドで復活するのは非常に難しいことである。失われ取り戻せない過去のものを頼りにスコットランドのアイデンティティを築き上げようとするのは、まさしく『オシアン』のやり方と同じではないか。そしてジョンソンは、帝国のすべてを商業化する必要はない、どこかに尚武の精神を残しておく方が良いと述べているが、商業化が進み、物が豊かにあるイングランドの恩恵を受けたジョンソンが、「国のどこかに尚武の精神を残すべき。それはハイランド」と述べるのは、商業化が進んだ大英帝国の痛み、良心を、スコットランドという自分から見れば安全な距離を保っていられる場所に押し付けたとも考えられる。

また、人口流出を防ぐ手段として武装化を提案しているが、スコットランド人の中にはアメリカへ移住した後にアメリカ側についてイギリスと戦ったものだけでなく、イギリス側から兵士として対アメリカ独立戦争に送り込まれた兵士もいる。勇敢だと考えられていたハイランド人は、イギリス対アメリカの戦争において戦士として活躍したのだ。帝国の恩恵、つまり商業化の恩恵を受けていないハイランド人たちが帝国の戦争で第一線に立って戦わせられ、利用されていたという事実をジョンソンはどう考えていたのだろうか。ジョンソンにその意図があろうとなかろうと、ハイランド人の武装化という案が、当時の読者に大英帝国の力を示すための道具としてのハイランド人を想起させた可能性もあるのではないだろうか。

本章冒頭で挙げた『ラセラス』の結末部分とジョンソンが旅で出した一つの結論には共通点がある。幸福を探す旅を終えたラセラスが望んだものは自分自身の王国だった。ジョンソンもまた、旅行記の中で自身の国家観

を披露した。「臣民の数が増え続ける」ことを望んだラセラス同様、ジョンソンにとっても「臣民の数を減らさない」ということは重要だった。自分の馴染みのない地域を旅行するということは、自分の国について考えさせること、つまり自身の国家観を形成する行為を導くと言えるのではないだろうか。

　このように、『ラセラス』と『旅』は、小説と旅行記でありジャンルは異なるものの、非常に多くの共通点がある。ジョンソンにとってこの二つは異なるジャンルに属するものであったかもしれないが、それらを読み解くものはその二つのテキストをジョンソンの「精神的構築物」として扱う。そこではすべてが作者の主観によって創り上げられたものとして扱われ、小説はもちろん歴史の記述においても客観的描写は不可能とされる。

　ラセラスは結局自分の望みが叶わないということを悟り、故郷へと帰る。ジョンソンの望みもラセラス同様叶わない。スコットランドからの人口流出は止まらず、のちにアメリカは独立する。そして19世紀、スコットランドはハイランド・クリアランスという最悪の事態を迎えることになるのだ。しかし、ジョンソンも、封建制の復活などは無理だと気が付いていただろう。自分の望みが不可能であるということを自覚しながら、ジョンソンは旅を終え、本来自分がいるべき場所へと帰った。

＜結論＞

　本論ではラセラスの旅との類似点を比較しながら、ジョンソンの『旅』を読み解いてきた。まず、ジョンソンの旅行記は、ジョンソン自身の意図に反して、様々な解釈の余地を残した精神的構築物、フィクションとして完成した。また、尚武の精神を強調することはジョンソンが批判した『オシアン』同様、失われた精神を当てにして国のアイデンティティを作り上げることであった。スコットランドは大英帝国の一部として機能することを求められ、その役割はイギリス側から押し付けられた、イギリスが望むものとしての役割であった。

　ジョンソンの旅行記内での提案は、アメリカ独立戦争、ハイランド・クリアランスを考えると実現しなかったようにも思われる。ただ、武装させ

ること、つまり軍によってスコットランドのアイデンティティを確立し、人がいなくなったスコットランドにもう一度多くの人を集めようというジョンソンの提案は、現代において実現している。毎年8月にエディンバラで開かれる「ミリタリー・タトゥー」だ。キルトに身を包んだ軍楽隊を見るために、世界中の人々がスコットランドへと集まってくる。ジョンソンには予想もつかなかったろうが、彼が提案した「軍」を組織することでの「国家としてのアイデンティティの確立」、「人々をスコットランドに集めること」が、意外な形で実現しているのである。

注

1 実際ジョンソンはジャコバイトびいきであったと考えられている。本論で扱う『旅』と、スコットランドから出された手紙との差異に、ジャコバイトとしての一面を隠そうとするジョンソンの姿が表れている（江藤、99-102、183-216）。またボズウェルにとってもこの旅は、ボニー・プリンス・チャーリーの旅を再現するという、極めてジャコバイトの要素の強い旅だった（Rogers, 140）。しかしジョンソンを「ジャコバイトであった」と言い切れるだけの証拠はなく、シンパシーを抱いていたかもしれないという結論が妥当である。詳しくはジョン・キャノン参照（Cannon, 36-67）。

2 「カラス麦：穀物の一種。イングランドでは馬に与えられるが、スコットランドでは人を養う」（『英語辞典』）。

3 ロジャーズはジョンソンの旅を、グランド・ツアーに代表される南へと向かう旅へのアンチテーゼだとしている（68）。ジョンソンとグランド・ツアー、そしてスコットランドへの旅に関してはロジャース参照（Rogers, 30-67）。

4 マクファーソンは1760年に『スコットランドのハイランドで集められた古代の詩の断片』、1762年に『フィンガル』、1763年に『テモラ』を出版した。本論ではこれらを『オシアン』と呼ぶことにする。ジョンソンと『オシアン』との関係に関してはジョン・ウェインを参照（Wain, 329-332）。

5 ウィリアム・ファーガソンは、アース語は文字を持たない言語ではなかったにもかかわらずジョンソンの誤解により、誤ったスコットランド観が作品内で提示されたと主張している（191）。本論では、マクファーソンが原本だと主張したものが本物だったかどうかは論の対象としない。

6　ジョンソンの風景描写をロマンティックだと論ずる者の代表としてはエンヤ・ヘンソン、アリソン・ヒッキーが挙げられる。
7　『旅』とスレイル夫人への手紙の間には様々な違いがあるものの、一番大きなものはジャコバイトに関する記述である。ジョンソンはジャコバイトに関しては『旅』ではあまり触れていない。『旅』と手紙の記述の違いに関しては江藤秀一参照（江藤、183-216）。
8　同じくスコットランドを旅したダニエル・デフォーは、「活力と進取の気性」をスコットランドの鍵として挙げ、一方ジョンソンは「希望と勇気」をスコットランドに必要な鍵とした。これは二人の商業に対する考え方、また、スコットランドがどうあるべきかという考え方を如実に表していると言える。そしてその違いが二人の作品『ロビンソン・クルーソー』と『ラセラス』の違いなのである（Green, 311）。

[参考文献]

Boswell, James. *The Journal of a Tour to the Hebrides with Samuel Johnson*. Ed R. W. Chapman. London: Oxford University Press, 1933.

Buchan, John. *Midwinter.* London: Hamlyn Paperbacks, 1981.

Cannon, John. *Samuel Johnson and the Politics of Hanoverian England*. Oxford: Clarendon Press, 1994.

Ferguson, William. 'Samuel Johnson's Views on Scottish Gaelic Culture.' *The Scottish Historical Review* 77 (1998): 183-198.

Green, Mary Elizabeth. 'Defoe and Johnson in Scotland.' *Studies in Eighteenth-Century Culture* 20 (1990): 303-15.

Henson, Eithne. 'Johnson's Quest for "The Fictions of Romantic Chivalry" in Scotland.' *Prose Studies: History, Theory, Criticism* 7 (1984): 97-128.

Hickey, Alison. '"Extensive Views" in Johnson's *Journey to the Western Islands of Scotland.*' *Studies in English Literature 1500-1900* 32 (1992): 537-53.

Johnson, Samuel. 'The Bravery of the English Common Soldiers.' *Political Writings*. Ed. Donald J. Greene. New Haven: Yale University Press, 1977. 278-84. (Johnson ①)

―――. *The History of Rasselas: Prince of Abissinia*. Ed. J. P. Hardy. Oxford; New York: Oxford University Press, 1999.(Johnson ②)

―――. *A Journey to the Western Islands of Scotland*. Ed. Mary Lascelles. New Haven: Yale University Press, 1971. (Johnson ③)

―――. 'Oats.' *A Dictionary of the English Language*. Hildesheim: Georg Olms Verlagsbuchhandlung, 1968.

―――. 'Observation on the Russian and Hessian Treaties.' *Political Writings*. Ed. Donald J. Greene. New Haven: Yale University Press, 1977. 177-83. (Johnson ④)

―――. 'Remarks on the Militia Bill.' *Political Writings*. Ed. Donald J. Greene. New Haven: Yale University Press, 1977. 151-66. (Johnson ⑤)

Rogers, Pat. *Johnson and Boswell: The Transit of Caledonia*. Oxford; New York: Clarendon Press, 1995.

Wain, John. *Samuel Johnson*. New York: The Viking Press, 1975.

江藤秀一『十八世紀のスコットランド――ドクター・ジョンソンの旅行記を巡って』開拓社、2008年。

金津和美「スコットランドへのピクチャレスク旅行――自然、歴史、そして国家」日本ジョンソン協会編『十八世紀イギリス文学研究――躍動する言語表象――』開拓社、2006年、122-140。

三原穂「『オシアン語群』に対するジョンソンの反発とパーシーの共鳴」日本カレドニア学会創立50周年記念論文集編集委員会編『スコットランドの歴史と文化』明石書店、2008年、223-247。

第4章

ジョンソンの政治学

愛国心と二大政党

中島　渉

＜はじめに——文人ジョンソンと政治＞

　18世紀にとどまらず、イギリスの文学史を代表する存在のひとりと呼べる大文豪、サミュエル・ジョンソン。彼の文学者としての偉大な足跡と「政治」というのは、果たして現代の一般的な読者のイメージの中で直結するものであろうか。あくまで研究テーマとしては、いかにも学問的な、高級感漂う印象を与えそうではある。しかし、実際のところ、『英語辞典』や『イギリス詩人伝』といった、読書家の間に広く膾炙した有名作品の鑑賞と比べてしまうと、ジョンソンを当時の政治状況と結びつけて語るというのは、今ひとつ食いつきが悪そうな作法に見える。そもそも、文学の世界に描かれている事象を、何でもかんでも政治的な文脈で捉えようとする行為は、美的に文章を味わうことを正しい読書の流儀だと考える人からすれば、ある種の邪道に映るのが世の習いといえるだろう。

　だが、ジョンソンの政治観なるものを読み解くヒントは、意外と身近なところに転がっているのである。まずはとっかかりとして、数ある彼の著作の中でも、金看板のひとつである『英語辞典』を見るにしくはない。そこには、近代イギリスの議会政治を彩る二大政党の定義の仕方に、大きな違いが出ているのである。

　　Tory: One who adheres to the ancient constitution of the state, and the

apostolical hierarchy of the Church of England, opposed to a Whig.
Whig: The name of a faction. (Johnson ①)

　トーリーという言葉のエントリーには、「国家古来の国制、ならびに古より伝わる国教会の秩序に忠実で、ホイッグと対立する者」という、相応に丁寧な語義が付されているのに対し、ホイッグの方はただ一言、「党派の名前」とあるだけで、実に素っ気ないことがわかるだろう。この両党の扱いに生じた格差は、『英語辞典』にまつわるエピソードとしては、パトロンになり損ねたチェスタフィールド伯への当てつけや、[1] カラスムギ（oats）の語義をめぐるジェイムズ・ボズウェルとの言い合いと並んで、[2] つとに有名なものである。

　確かに、通例ジョンソンは、保守で、トーリーで、かつイギリス国教会の支持者であったとされている。しかし、例えば彼は、スコットランドを見下しながら、そのスコットランドに興味をひかれて、60歳を超えてから周遊に臨むような、一筋縄ではいかない気質の持ち主である（江藤、iii, 5-8）。彼が癖のある辞書編纂家であったことは論をまたないとしても、なぜこれほどまで露骨にホイッグには冷たいのであろうか。何か裏があるのではないか、という疑問が湧くのは、決して突飛なことではないだろう。

　果たして、皮肉にしてはあまりに不自然なこの政党間の温度差は、一体どこから生じたのであろうか。本稿では、ややとっつきにくそうに見えるこの政治的テーマに光を当てて、ジョンソンの政治観の実像を描き出すことにしたい。そこには、18世紀の英国政界において一大ブームとなった、「愛国心」（patriotism）という思想が深く絡んでくるのである。近代イギリスの政情と文人の立場の関連を深く知る上でも、意義のあるアプローチであることを願いたい。

＜ハノーヴァー朝時代の政治勢力──ホイッグの隆盛期＞

　本題に入る前に、まずジョンソンが活躍した18世紀中盤の国家権力はどの勢力が握っていたのか、というところから見ていくことにしよう。
　スチュアート朝が終わったあと、18世紀のイギリスを治めたのはドイツ

系のハノーヴァー朝である。前王朝最後の君主であるアン女王が1714年に崩御したあと、王位を継いだのはジョージ1世。高齢になってから、半ば無理矢理イギリスに連れてこられた王様で、英語も話せず、統治に関しては誠にやる気のなかった人物であることは、よく知られているだろう。これを契機に、政治の方はロバート・ウォルポールがイギリス史上初の総理大臣となって、事実上そこに丸投げという状態が続いたのであった。この間、政界の最大勢力として議会を占めていたのは、コート・ホイッグ（Court Whig）と呼ばれる人たちである。「宮廷派ホイッグ」とでも訳すのが適当と思われる派閥であるが、その出自については若干説明を要するかもしれない。

かつてアン女王は、トーリー系政権の親玉であるロバート・ハーリーのパトロンたる存在であった。その女王が亡くなってからというもの、最大の後ろ盾をなくしたトーリーは、ジョージ1世の即位に伴い、一気に泡沫政党に近いレベルの所帯となってしまう。以降、実質的にホイッグの一党独裁が始まることになるのだが、中でも、権力を持って保守化して、宮廷寄りの立場になったのが、コート・ホイッグである。ホイッグというのは、もともと議会派のスタンスをとっていたグループだったが、支配者として力を持つと、王権周辺の既得権益を確保する宮廷側に回ってしまったというわけである。

後継のジョージ2世の時代も、ウォルポールの全盛期とかぶっており、コート・ホイッグの優位に、基本的に変わりはない。だがジョージ2世の息子で、皇太子のまま即位できずに亡くなったフレデリック・ルイスは、父親と非常に仲が悪かったこともあって、オポジション（Opposition）と呼ばれる野党勢力から、そのシンボルであるかのごとくに祭り上げられていた。強力なコート・ホイッグを向こうに回した政界の主導権争いには、それにふさわしいみこしの頭が必要だったのである。この「オポジション」については、次節で詳述する。

フレデリック・ルイスの息子であるジョージ3世の時代になると、今度は一転、ホイッグに対する反動政策が積極的に行われるようになった。すでに斜陽であった政党としてのトーリーに、どの程度肩入れしていたのかについては検討の余地があるにせよ、少なからずアンチ・ホイッグで、トーリー寄りの政治志向と見なされたことは確かである。ちなみに彼は、後述

するボリンブルック子爵の『愛国王の理念』を愛読書としていて、トーリー的な主義にかぶれていたために、そのような立場をとったとされている（森、169-70, 173）。

　こうした趨勢をまとめると、ジョンソンが文人として名をはせた時代は、非常にホイッグの——それも宮廷派の——力が強かった時期であることがわかる。トーリーとホイッグの「二大政党」とはよくいわれるが、実際のところトーリーが政権の座にあったのは、ハーリーが第一大蔵卿として、事実上の総理の地位にあった数年の間だけである。それ以外は、基本的にトーリーというのは、野党的な立場のグループなのであった。一時的に連立政権が組まれたこともあるが、原則としてホイッグの方がマジョリティであった、というのが18世紀の政界の現実だったことを、我々は念頭に置いておく必要がある（Folkenflik, 105）。

＜愛国心とは何か＞

(1)　野党勢力のイデオロギー

　続いて、ジョンソンの政治観を探る上で重要なキーワードになる「愛国心」という概念が、一体どういうものであったのかについて、おさえていくことにする。

　前節で触れた「オポジション」というのは、現代の日本風にいえば「抵抗勢力」というのが一番近い呼び方になるだろうか。もっと具体的には、反ウォルポールの路線で一致していた勢力のことである。

　まずは、ハノーヴァー王朝下における議会の戦力構成を分類してみることにしよう。18世紀の下院には、大きく分けて3つの集団が存在していたといえる。第1は、「職業政治家」である。派閥の領袖をはじめ、権力志向で、要職に就くことを狙う人たちであり、実際に大臣クラスのポストを手にしていた。第2は、「官吏」、すなわち役人である。彼らは、行政系のポストを維持し続け、与党の交代の有無を問わず、常に権力側につくという特徴を持っていた。この2つのグループがコート・ホイッグの主体として政権の中心にいたわけである。それ以外の者は「独立派」と呼ばれたのであった。彼らは、支配者の地位を得ることには執着がなく、権力構造的にはアウト

サイダーの立場をとる。ここに属する人の大半は、カントリー・ジェントルマン（country gentleman）――平たくいえば、地方の土地持ち――である。地主といえばトーリーのイメージが強いけれども、この独立派の中にいたのは、いわゆるトーリーだけではなかった。宮廷派であるコート・ホイッグと対立し、野党的な批判勢力の立場をとった、「地方派」とされるカントリー・ホイッグ（Country Whig）が多く含まれているのである。先にトーリーはもはや少数派だと述べたが、実際、相当のカントリー・ジェントルマンが、自分たちはもともとホイッグだというアイデンティティを持っていたようである。いずれにしても、この3番目のグループの人たちが、ウォルポール率いる強力なコート・ホイッグを叩こうという狙いのもとに手を組んで、オポジションの集団というのが形成されてきたわけである（Folkenflik, 105; Greene, 8-9; 今井、295-97）。

　オポジションの面々は、ウォルポール政権について回る、腐敗（corruption）のイメージの向こうを張って、我々は「愛国者」（Patriot）である、と称したのであった。与党になって、既得権者であるかのように振る舞い出した汚いコート・ホイッグと違い、我々はこの国のことを第一に考えているんだ、という宣伝意識を前面に出したレッテルといえる。そうして愛国者は「ウォルポール＝金権政治＝私欲」という図式をぶちあげ、これが政治を腐らせている、とのレトリックを用いたのである。何より、ウォルポール自身が、「人には皆値段がある」という有名な台詞を吐いたこともあり、国家を腐敗させる利己的精神の象徴として、首相を辞めたあとも批判され続けていた（Hudson, 112）。これに対し、私欲を捨て、公共心（public spirit）に忠実な、一部の権力者だけが喜ぶ形とは違う政治を行うのだ、という大義が、愛国者の最大の売り――これぞ愛国心だ――として使われたのである。

(2)　マンデヴィルと公共心
　政治（家）と公共心の関係については、バーナード・マンデヴィルの社会論の影響を抜きには語れないであろう。その主著『蜂の寓話――私悪は公益なり』は、副題から察せられるとおり、一般に悪と見なされる個人の私欲こそが、実は社会の発展を促す推進力となっていることを説いたものである。これは一見して悪徳賛美と捉えられ、世間からの激しい非難を浴

びたが、同時代の国家思想に強烈なインパクトを与えたのであった（柘植、43）。

本作の中核をなす「ぶんぶんうなる蜂の巣——悪党が正直者になる話」の中には、次のような一節がある。

    悪の根源たる強欲は、
呪わしく意地悪く有害なる悪徳なれど、
かの気高き罪たる、
放蕩の奴隷なのであった。一方で奢侈は
貧乏人を百万も雇い、
忌むべき高慢はさらにもう百万を雇った。
嫉妬そのものや虚栄は
勤勉の召し使いであった。
彼らのお気に入りたる愚行は、
衣食住にまつわる気まぐれであり、
この珍妙でばかげた悪徳は、
まさしく商売を動かす車輪となった。(Mandeville, 68)[3]

    こうして悪徳は巧みさを育て、
時間や勤勉と手を組んで
生活の便利さをもたらした。
それは本物の快楽や安楽や安逸であり、
その高まりようは、貧乏人の暮らしが
以前の金持ちよりもよくなって、
もう足りないものがないというほどだった。(69)

「強欲」や「放蕩」をはじめとした各種の悪徳は、様々な需要と雇用を創出し、あまつさえ「勤勉」のもととなって、社会を富ます原動力になるというのである。清廉潔白な、美徳だらけの乾いた世界では、新たな欲望の生まれる余地がなく、結局、社会全体の経済活動が縮小して、国家が衰退してしまうということを、マンデヴィルは指摘したかったとされる。つまりは、むやみに悪徳を礼賛するつもりだったわけではなく、あくまで国家を安寧

に導くためには、悪徳も欠くことのできない「必要悪」だと言いたかったのである。

  かように各部分は悪徳に満ちていたが、
 全部揃うと天国であった。
 平時には持ち上げられ、戦時には恐れられ
 彼らは外国人の尊敬の的であり、
 富や命を惜しまなかったので、
 他の蜂の巣すべての均衡を保った。(67-68)

実際、彼は決して野放図な悪徳の利用を訴えてはおらず、そこに政治の力による制御を求めたのだった。『蜂の寓話』本文の最終章、「社会の本質の探究」末尾には、「私悪は熟練した政治家の抜け目ない管理によって公益に変えられる」(371) とある。また「ぶんぶんうなる蜂の巣」には、以下のような記述が見られる（柘植、44-46）。

 そして美徳は、政治から
 千にものぼる巧妙な策略を学び取り、
 そのめでたい影響によって、
 悪徳と親しくなった。それからは
 全体で一番の悪者さえ
 公益 (common Good) のためになることをした。(Mandeville, 68)

 正義によって刈られ、縛られるときには、
 悪徳は有益とわかる。
 いや、市民が偉大であろうとする場合、
 国家にとって悪徳は必要なのだ、
 ちょうど彼らを食べさせるには空腹が必要なように。
 ただ美徳のみでは国民の暮らしを
 立派なものにはできない。(76)

悪徳を社会の公益として活かすには、政治の手綱さばきが重要であると主

張していることがわかるだろう。そして、その「抜け目ない管理」を可能とするには、私欲の追求を本性として備える人間に、衝動を抑える美徳を持つことが「名誉」であり、それができないことは「恥」であると信じ込ませる必要があった（82）。これに基づいて、人間は2つの種類に大別されることになる。『蜂の寓話』中にある「道徳的美徳の起源の追究」には、こう記されている。

> 一方［の人種］は卑しく浅ましい人々からなり、いつも目先の享楽を追いかけ、まったく自制ができず、他人の利益など眼中になくて、私益こそ最高の目的としていた。……もう一方の人種は高潔で気概のある人々からなり、下劣な利己心がなく、精神の向上をこの上なく美しい財産であると考え、自分自身を真に価値あるものと捉えて、己の美点をなす部分を飾ることだけに喜びを感じた。(83)

こうして、前者には、私欲に溺れた「人間のくず」というレッテルが与えられる一方で、後者には、真に理性的で「公共の福祉」（'Publick Welfare'）に供する模範的な人物という位置付けがなされた（83）。結果として、生来「自尊心」を持つ人間は（84）、高級と見なされる後者の方を目指すようになるというわけである（柘植、47-50）。「公共精神」（'Public-spiritedness'）を持ち上げることが、欲望を持った人間にとっても有益だとわかれば（Mandeville, 86）、否が応でも公益をないがしろにするかのようなポーズはとれなくなるのである。マンデヴィルの見地からすれば、美徳とは政治が、統治の手段として生み出した産物なのであった（柘植、51-53）。

> 人間が己の欲望を止め、最も愛でた気質を抑え込むようになったのは、異教をはじめとした偶像崇拝的な迷信によるのではなく、用心深い政治家の巧みな管理によるのが最初であったことは明らかである。人間の本性を細かに調べれば調べるほど、道徳的な美徳とは追従が自尊心に生ませた政治的な子だ、と確信するであろう。(Mandeville, 87-88)

このような思想を踏まえると、政治の世界で公共心をアピールすることは、自らが悪徳とは無縁のまともな人物であると世に訴えているのと等しくな

るわけである。そうして公共心は、政界でのイメージ戦略を展開していく上で、大きな鍵を握るフレーズとなりえたのである。

さて、後世の人間が一歩引いた視点から眺めれば、毀誉褒貶はあっても、長期政権によってイギリスを安定に導いたウォルポールは、マンデヴィルの提示する悪徳（私欲）と美徳（公共心）の両立を体現しえた、大宰相と見ることもできそうである。しかし、コート・ホイッグの独占的な権力行使に抵抗を試みた18世紀の愛国者たちは、広く強力な支持を得るために、自らの立場の差別化を図る必要があったといえるだろう。そこで、ウォルポールをわかりやすい悪玉として描き、それに対して、自分たちは真性の美徳を備えた貴重種であるという、いわばイメージの仕分けを行ったのではないだろうか。勢力の点で劣勢にあった愛国者は、公共心を前面に押し出すことで、その立ち位置の正当化に努めたといえるのである。

(3) ボリンブルックと愛国王

こういった愛国者のイデオロギーを支える柱となったのが、ボリンブルックの書いた『愛国王の理念』という文書である。彼は、スチュアート朝時代はトーリーのタカ派として有名で、ジャコバイトの嫌疑をかけられるほどの男であった。下野してからというものは、フランスへの逃亡とイギリスへの帰国を繰り返しつつ、反ウォルポールの旗頭として、その思想が愛国者に担がれたという事情がある。以下、この著作のポイントをテクストに即して見ていこう。

> 外国からの厄災とか、本国における破産とか、他にもこれらに似た性質や傾向を持つ事象がきっかけとなって、世界の混乱が生み出されるものである。混乱から秩序は生まれるが、それは正しい君主制による秩序ではなく、邪悪な専制による秩序かもしれない。いずれも起こりうるといえるのだが、こんなものはどちらにしても、運命に左右されるばかりで、ストア派の人間をも震え上がらせるほどなのだ！いや、実をいうと、我々はまったく別の体制によって救われることもありうる。ただ、このような手段はみな自然と立ち現れてくるわけではないし、その救済法にしたって、物質界においても精神界においても、あらゆる現象の中で最もまれな、愛国王なるものの賛意と権力があって、

はじめて我々に開かれるものなのだ。(Bolingbrake, 221)[4]

　まず、ひとたび堕落した国家は、「愛国王」の登場という奇跡によってしか救われない、との主張をしていることが読み取れるだろう。「あらゆる現象の中で最もまれな」という枕言葉が実に象徴的だが、これは、めったなことでは愛国王なんて救世主は出てこない、との意を、かなり大げさな言い回しで表現しているわけである。さらに、社会の秩序を回復するのは、「邪悪な専制」か、「正しい君主制」か、あるいは愛国王の統治か、と述べていることから、あるべき国家形態として、民主制という選択肢は、はなから想定されていないことに気づく。国の政治を支えるのは大衆ではなく、あくまで優れた君主なのだという考え方をしていることに注意する必要がある。

　実際、愛国王に導かれる国家というのは、家父長制的な制度のもとにあるのが理想とされている。

　　愛国王の統治を受ける、自由な民の真の姿とは、家父長制の家族の姿と同じである。そこでは主(あるじ)と成員全員がひとつの共通利益（common interest）にしたがって一体となり、ひとつの共同精神（common spirit）によって活力を得る。(Bolingbroke, 257-58)

家庭の比喩を一般社会になぞらえれば、'common interest' は「公益」、'common spirit' は「公共心」と読み替えることができる。ボリンブルックは、私欲・私心ではなく、これらに基づいた施政を、君主を頂点として行うことによって、一致団結した国になるはずだ、と言っているわけである。この潔癖さ加減が、いわゆる愛国心の、最大のセールスポイントであることは、すでに上で述べた通りである。

　このような理想の国家における、王権と市民の自由のバランスはどのような具合になっているのだろうか。一言で表すならば、国王の裁量を議会の法によってある程度抑えていく、制限君主制を擁護しているといえる。

　　自由を維持するために必要な制限はどれも、その精神が存続する限りは……君主制と両立しうる。私はこういった問題について、これまで

のトーリーやホイッグとは違う考え方をしている。少なくとも、双方の行き過ぎを避けようと努めている。……私が目指すのは、次の原則を確立することである。市民の自由の確保が必要となる限り、君主に対する制限は課されるべきである。また、<u>そのような制限はすべて、君主制を弱くしたり危うくしたりすることなく、存続しうるものである</u>。(Bolingbroke, 233; 下線筆者)

大衆が享受する自由と君主制は、制度として矛盾しないと述べており、絶対王政にしろ社会契約論にしろ、両極端に傾く国家体制は、奨励していないことが察せられる(Gerrard, 207; Kramnick, 33-34)。王党派と議会派の「行き過ぎを避け」る姿勢からしても、両者の中間をほどよくとっていくということである。加えて、下線部に着目すると、王権に種々の制限はつけるが、君主制を危うくすることがあってはならない、という条件がしっかりついていることがわかる。要は、庶民の自由というのは、あくまで君主制という土台が揺るがないことが大前提となっているのである。裏を返せば、大衆に権力を預けることには、決して前向きではない、という本音が、やはり垣間見えるといえるだろう。

『愛国王の理念』の全体的な論調としては、救世主まがいの存在の出現を真剣に当てにするなど、[5] 今ひとつ地に足のついていない、極めて理想主義的な思いを政治理念として掲げている感がぬぐいがたい。そんなボリンブルックの愛国心は、政界の主流になることはできず、結局はつまずいてしまうこととなるのであった。そうした推移をたどる中、やがて愛国者の動きには転機がやってくる。その最たるものは、ウォルポールの失脚に伴う政変である。そこで大きな変化を見せた彼らの態度に対し、ついにジョンソンが一言もの申す事態となるのである。ここまでの流れを踏まえた上で、我々はようやくジョンソンの政治観と向き合うことができるのである。

＜ジョンソンの政治観——『愛国者』と愛国心＞

上述のような、野党的な愛国者運動というのが盛んであった頃、一体ジョンソンはどのような政治姿勢を見せていたのであろうか。実はこれには、

はっきりとした変遷を見ることができる。

　ウォルポール政権時は、ジョンソンもオポジション側に肩入れして、反ウォルポールの立場をとっていた。宮廷派に対する反対勢力の一員として、猛烈に政権を批判していたのである。一応、理念としての愛国心は支持していて、アレグザンダー・ポープやヘンリー・フィールディング、政治家では大ピットといった、フレデリック・ルイスのシンパと近いところにいたという。特にウォルポールは文人の保護をしないことでも有名だったことから、その方面に対する感情的な反発も大きかったようである（Hudson, 7, 112-13; Gerrard, 230-31; Kramnick, 33）。

　だが、ウォルポールの失脚後になると、ジョンソンのオポジションに対する態度は、180度転回することになった。一番大きな原因は、ウォルポールという傑物がいなくなったことによって、政界の権力構造が大きく変わったことである。今度はオポジションが、野党から体制側に回ったのである。とはいえ、オポジションはもともと政界の多数派ではなかったため、愛国者勢力だけを集めて単独政権を築くことができなかった。倒閣の首謀者であるウィリアム・パルトニーやジョン・カータレットに率いられた愛国者たちは、結局、肝心の頭目二人の支持者が少なかったこともあり、旧敵ウォルポールの取り巻きと連立政権を組まざるをえなかったのである。これは政治の世界の力学においては、ある意味で仕方のないことといえるが、文人であるジョンソンには、ただの変節にしか映らなかったようである。もっとも、事態が紛糾したのは、パルトニーの主義に節操がなかったせいというよりも、その政局運営の手際に問題があったためだという。しかし、いずれにせよ、パルトニーはそれまで愛国者の鑑のような扱いを受けていた人物だったため、この転向に対する風当たりは強いものとなった。おまけに爵位まで授けられることになり、対外的なイメージはますます悪化する。おかげで、愛国者は私欲に溺れることのない、公共心の塊であるという、それまで世間に広がっていた幻想が一気に吹っ飛んでしまい、大きな批判の対象になってしまったのであった。かつて激しい反ウォルポールの立場をとっていたジョンソンは、そのような大衆の反発と同調したのである（Folkenflik, 109; Gerrard, 230-31; Greene, 134-35; Hudson, 133-34）。

　晩年のジョンソンがボズウェルに語ったところによれば、「愛国心とは悪党が最後に逃げ込む場所である」（Boswell, 448; 7 Apr. 1775; aetat. 66）[6]と

4. ジョンソンの政治学　　　75

いう。ずいぶんと怨念のこもった台詞だが、その正確なニュアンスを捉えるには少々注意が必要であろう。ジョンソンは愛国心なる思想そのものを批判しているわけではないのである。愛国者の看板を掲げた人間さえも、権力を握ると、己の信条を捨てて仲間を裏切るのだ——という、政界の現実を目の当たりにした上での嫌味と解釈するのが、妥当と考えられるのである（Hudson, 7）。

　その根拠のひとつとして、ジョンソンの著作の中に、その名もずばり『愛国者』というものがある。[7] これは、当時ウェールズへの旅をともにしていた、サザーク（Southwark）の下院議員、ヘンリー・スレイルの選挙応援のために執筆されたものである。しかし、タイトルが示すとおり、この文書には、そういう表の目的とは別に、愛国者に対するメッセージが含まれている。それまで同志だったはずの彼らの裏切りを受け、「愛国者」という名前について回る神秘性の欺瞞を暴いてやろうという狙いがあったのである（Folkenflik, 111）。ちなみに、スレイルはホイッグに属する人物である。この点からしても、「ジョンソン＝親トーリー・反ホイッグ」という単純な図式化をすることには、疑問を挟む余地があるといえるであろう。

　さて、ここからは『愛国者』の中身をかいつまんで見ていこう。

> 　愛国者とは、自国に対する愛という、たったひとつの動機にしたがって自らの公的な行動を制御できる人物のことである。議会においては代理人の役割を果たし、自身のためには希望も恐怖も、優しさも怨恨も抱いたりはせず、すべてを公益（common interest）に結びつけられる人物のことである。（Johnson ②, 390）[8]

ジョンソンによる愛国者の定義は、プラスにもマイナスにも感情がぶれることなく、公平無私で、「公益」に基づいた議会活動ができる人というものである。なんとも清い人物像だが、どことなく当てつけがましい印象があるのは、決して気のせいではなく、底意があってのことだといってよい。私欲に踊らされない公共心を求めているところは、ボリンブルックにも見られるような、典型的な愛国心のあり方とシンクロしていることがわかるだろう。

　これに続くのは、偽物の愛国者に対する非難の言葉である。

愛国者の中には宮廷に対して絶え間なく痛烈な反対を浴びせることで、官職を得ようとする者がいる。(Johnson ②, 390)

　人は時折愛国者たろうとしだすが、不平不満をまき散らす上、やれ密かな圧力があっただの、危険な談合があっただの、権利が侵害されただの簒奪の危機が忍び寄っているだのといった噂を広めるばかりである。
　こうした所行が愛国心の確かなしるしだなどということはありえない。かような挑発を超えた激情をもって大衆を扇動することは、公共の幸福（public happiness）を破壊するとはいわぬまでも阻害することになる。こういう輩は断じて自分の国を愛する者ではなく、いたずらにその平和を乱しているのである。(391)

　努力をしても実らないとわかっていることを約束するような人物は、無駄な意気込みを中身もないのに叫び立てて、自分の信者をだまそうとしているだけである。
　真の愛国者とは何でもほいほいと約束を交わすような人間ではない。(394)

　真っ先に痛罵の対象となっているのは、やはり元愛国者の変節漢であることが明らかと言えるだろう。コート・ホイッグを激しく叩いておきながら、体制側に回ると、とたんに官職を求めるような輩を、皮肉を込めて批判しているのがわかる。また、無駄に騒いで社会を不安にさせたり、できもしないことを安請け合いしたりするなとも言っている。最後の一文は特に強烈で、仲間だと思っていた人間にあっさり手のひらを返された——とでも言いたげな、ジョンソンの怨嗟の声が聞こえてくるかのようである。
　ボリンブルックの『愛国王の理念』において、一般大衆は独立した一個の政治勢力として認められていない節があったが、ジョンソンについても、大衆の判断力は信じていない様子がうかがえる。

　統治にわずかな間違いや過失が生じただけで、愚民（the rabble）に

訴えかける理由ができてしまう。連中は自分たちが理解できないことに判断を下すべきではないのだが、連中の意見は理性を通じて広まるどころか、流行病(はやりやまい)のように伝染していくのである。(Johnson ②, 391)

　愛国心ある候補者が真っ当な自分の意見を上流階級に浸透させ、彼らの力を用いて下層階級を制御せんと努めるならば、また賢き人、節度ある人、穏健な人、徳の高い人と主につきあうならば、彼の市民に対する愛はまともで誠実といえるだろう。だが常に激しやすい貧乏人、根っから疑い深い弱者、簡単にだまされる無知な輩、災いと混乱以外からは希望を持ちえない放蕩者に対して、真っ先にないしは一番の重点を置くというのならば、彼の市民に対する愛をそれ以上誇示させてはならない。(394)

　ジョンソンは市民のことをたびたび 'the rabble'――「愚民」あるいは「下賤の者」――と呼ぶのである。そして、彼らの意見は理性に基づいたものではありえないと、明確に述べている（Folkenflik, 112; Hudson, 129）。もっと露骨なのは、愛国者になろうとする者がつきあうべき人間はどの社会階層の人なのか、ということをばっさりと言ってしまっている点である。上流に属する人間は、知識人で、バランス感覚に長け、高潔な人格であるがゆえに、支配階級としてふさわしい――だから、今後のために人脈と地盤を築いておけ、と言わんばかりである。これに対し、庶民の姿は絵に描いたような衆愚であり、こういう階層とは関わるなと明言しているわけである。要は、一種のエリート主義を掲げていると見てよいだろう。いうなれば、愛国者たる者は寡頭制の支持者たるべし、と断じているのに近い。このあたり、表現の仕方は変わるが、大衆の方を向いていないという意味で、ボリンブルックの推している制限君主制のあり方と重なる部分がある。

　いずれにしても、保守的な体制を前提とした愛国心という意味では、ボリンブルックもジョンソンも思想的に共通の基盤を持っているというわけである。しかし、比較するとジョンソンは、悪くいえば冷ややかな、よくいえば身の丈に合った物言いをしている感がある。「政治家」であるボリンブルックが、愛国王のごとき奇跡的な存在を求めるという、夢見がちな観念の提示をしているのに対し、「文人」であるジョンソンが、誰とつき

あえ、いやつきあうな、といった現実的なものの見方をしている——というのが、非常に奇妙だけれども面白いコントラストを描いているといってよいだろう。

＜ジョンソンといわゆる二大政党——穏健主義と党派性＞

　ここまで愛国心という概念に焦点を絞って考察を進めてきたが、最後にジョンソンの政党観がいかなるものであったのかを探ってみよう。以下は、ボズウェルの『サミュエル・ジョンソン伝』に残っている、最晩年のジョンソンの台詞である。ここでは一応、ボズウェルの記述を信用するという前提で読み進めてみることにする。

トーリーとホイッグについて

　「賢明なトーリーと賢明なホイッグは一致しあう、と私は信ずる。両者の考え方（modes of thinking）は別様であるけれども、両者の原理（principles）は同一なのである。極端なトーリーは統治を不可解なものにするため、統治の姿が雲の中に紛れてしまう。強烈なホイッグは統治を不可能にするのだが、それは個人にかなりの自由を認めようとするせいで、そのために個人を統治しうるだけの権力がなくなってしまうのだ。トーリーは既成の体制を偏愛し、ホイッグは事態の革新を偏愛する。トーリーは政府に必要以上の実権を与えることは望まないが、しかし政府はもっと敬意を受けるべきだと考える。次に両者は国教会に関して意見を異にする。トーリーは聖職者にもっと広範な法的権力を与えたいとは考えないものの、彼らが国民の世論に基礎を置いた顕著な影響力を持つようにと願う。一方ホイッグは入念に警戒して彼らの力を制限し、監視しようと考える。」（Boswell, 828; May 1781; aetat. 72）

　重要なのは、トーリーもホイッグも「考え方」が違うだけで、「原理」は同じだと言っていることである。「極端なトーリー」のせいで統治が「不可解」になるとけなしてはいるものの、一方で「強烈なホイッグ」も統治

を「不可能」にすると腐しており、両党の接点をかき消すような急進主義を排していることが読み取れる。ジョンソンが抱く愛国心の内側には、穏健な政治体制が想定されていることが見えてくるであろう。また、トーリーは保守で、ホイッグは革新という、旧態依然かつ紋切り型の色分けはしているが、どちらも国教会の存在が前提となっている点は共通であるとの認識が垣間見える。聖職者の影響力を強めるか弱めるかという「考え方」の違いはあっても、根底になる「原理」は同じなわけだから、国教会を脅かすカトリックや非国教徒への肩入れを奨励しているわけではないのである。

　以上の議論を踏まえた上で、ジョンソンの政治意識の特徴とは何であったのかを言い切る必要があるだろうが、実際のところ、ひとつのカラーでレッテル貼りをするのはなかなか難しい。それでもあえて、牽強付会を恐れずに色を付けるとするならば、野党的保守政論家、という表現が一番近いといえるのではないだろうか。

　党派性に関して突き詰めていくならば、ジョンソンの愛国心というのは、もともとホイッグ側の立場に立って考えられたものといえる。しかし、だからといってホイッグのシンパだったのかといえば、決してそうではない。このあたりが実に難解なところである。与党であるコート・ホイッグを敵視していたけれども、自分が支持したオポジションの大方だってホイッグであるという事実がまず存在する。さらに、本来のオポジションの姿勢は買っているのだけれども、その後の彼らの寝返りに対する恨みは骨髄に徹している。ホイッグのことは、文字通り愛憎半ばする思いで眺めていたといえるわけである。そして、この非常に複雑でアンビヴァレントな感情が、積年の鬱屈として澱のように積み重なって、『英語辞典』の素っ気ないエントリーに反映されたのではないだろうか。分裂や鞍替えを繰り返しながら、変節漢を生み、節操のない愛国者を輩出したことに対する、言いようのないわだかまり——これが、無造作に言い捨てたような、ホイッグの定義の仕方に投影されていると考えられるのである。

　されど、ホイッグによい印象を持っていたとはいえないジョンソンが、「自分はトーリーだ」という自意識を一点の曇りなく備えていたかというと、これもどうやら怪しい部分がある。実はこの時代、トーリーの名は蔑称の扱いを受けるようになっていたのであった。そもそもトーリーという勢力自体がマイノリティ扱いのご時世である。もはやホイッグの敵なら皆

「トーリー」と呼ぶような風潮ができあがりつつあった。ホイッグ同士で罵り合いをする際でも、相手方にトーリーの烙印を押すことが、ひとつの論争術として成立しえたほどである（Greene, 10, 11-12）。そのような時流の中にあって、自ら進んで、社会の敵と目されそうな集団の後押しをするような態度は、ジョンソン自身、そこまで明確には見せていないのである。

ただ、こうして彼が抱えていた愛国心の実像を探ってみると、結局は国教会を中心とした、穏健かつ保守的な国家体制を支持している様相が浮かび上がってくる。その主義から察するに、あえてトーリーとホイッグのどちらかを選ぶほかないとするならば、おそらくトーリーの方を選んだのではないだろうか——という想像をたくましくしたくなるのである（Greene, 19-20）。このように考えたならば、『英語辞典』に出てくる、政党間の定義の格差というのは、積極的なトーリーへの傾倒を示したというよりも、愛想の尽きたホイッグを持ち上げたくないがゆえの、ある意味で消極的な選択の結果であったといってよいのではないだろうか。言いたいことを素直には表現せず、どこかしらひねりを入れずにはすまない「文人」ジョンソンが、思うに任せぬ政界の現実を前にして残した、精一杯の抵抗と見ることもできるのである。仮に、その言説が、現世で社会を動かす実際的な影響力を持ちえなかったとしても、ペンの力によって刻まれたイメージは、後世にまで歴史として残るのである。ただの天の邪鬼の仕業、と一刀両断するにはあまりに手が込んでいて、実に味わい深いとはいえまいか。

※　本稿は、『明治大学教養論集』通巻451号（2010年1月）掲載の拙論「18世紀英国の愛国心とサミュエル・ジョンソンの政治観」を改訂し、加筆・修正を行ったものである。

注

1　ジョンソンは、『英語辞典』編纂の資金を工面するため支援者を募っていたが、その相手がチェスターフィールド伯であった。しかし、伯爵家に面会をしに行った際、折悪しく伯爵が多忙であったためか、玄関先で長いこと待たされてしまい、腹を立てて帰ったという逸話がある。その後、独力で辞書を完成させるものの、あとから援助を申し出た伯爵に対して怒り心頭のジョンソンは、強烈な

批判の手紙をしたためた。これが公表されるに至り、伯爵の評判は、当人に別段悪意があって待たせたわけではないにもかかわらず、地に落ちてしまう。畢竟、『英語辞典』において 'patron' は、「支持、援助、あるいは保護をする人。通例、横柄な態度で人を援助し、おべっかを報酬として得るろくでなし」('One who countenances, supports or protects. Commonly a wretch who supports with insolence, and is paid with flattery.' [Johnson ①]）という定義を下されることになった（小林、99-100）。

2 『英語辞典』の 'oats' の項には、「穀物であり、イングランドでは通常馬に与えられるが、スコットランドでは人の食を支えている」('A grain, which in England is generally given to horses, but in Scotland supports the people.' [Johnson ①]）とある。ジョンソンのスコットランド蔑視は有名であるが、これに対して当地出身のボズウェルは、「だからイングランドでは馬が優秀で、スコットランドでは人間が優秀なのだ」と返したという（小林、26）。

3 以下、*The Fable of the Bees* の邦訳は、泉谷治訳『蜂の寓話――私悪すなわち公益』を参考にしつつ、適宜筆者による改訳を施す。

4 以下、*The Idea of a Patriot King* の邦訳は、拙訳による。

5 ボリンブルックの言う「愛国王」とは、一体誰を指しているのだろうか。基本的には、今後愛国王になりうる存在として、オポジションの星であったフレデリック・ルイスを持ち上げていると考えられる。だが、ボリンブルックはかつて、フランス寄りのジャコバイトでもあったわけで、ジェイムズ2世の子孫である、老若僭主（Pretender）の帰還を容認する余地を残しているともされる。次の王位がハノーヴァー家とスチュアート家のどちらに転がってもよいように、あえてぼかした言い方をしているというのである（Gerrard, 187, 206-07; Kramnick, 34）。

6 以下、*The Life of Samuel Johnson* の邦訳は、中野好之訳『サミュエル・ジョンソン伝』を参考にしつつ、適宜筆者による改訳を施す。

7 『サミュエル・ジョンソン百科事典』の 'The Patriot' の項には、「一般に1770年代の［ジョンソンの］政治パンフレットの中では最も価値が低いものとされている」とあるが（Rogers, 289）、本稿はそれにささやかな抵抗を試みるものである。

8 以下、*The Patriot* の邦訳は、拙訳による。

[参考文献]

Bolingbroke [Henry St John]. *The Idea of a Patriot King. Political Writings*. Ed. David Armitage. Cambridge Texts in the Hist. of Political Thought. Cambridge: CUP, 1997. 217-94.

Boswell, James. *The Life of Samuel Johnson*. Ed. David Womersley. Penguin Classics. London: Penguin, 2008. 中野好之訳『サミュエル・ジョンソン伝』全3巻、みすず書房、1981-83年。

Folkenflik, Robert. 'Johnson's Politics'. *The Cambridge Companion to Samuel Johnson*. Ed. Greg Clingham. Cambridge Companions to Lit. Cambridge: CUP, 1997. 102-113.

Gerrard, Christine. *The Patriot Opposition to Walpole: Politics, Poetry, and National Myth, 1725-1742*. Oxford: Clarendon, 1994.

Greene, Donald. *The Politics of Samuel Johnson*. 2nd ed. Athens, GA: U of Georgia P, 1990.

Hudson, Nicholas. *Samuel Johnson and the Making of Modern England*. Cambridge: CUP, 2003.

Johnson, Samuel. *A Dictionary of the English Language*. London: Times, 1979. (Johnson ①)

―――. *The Patriot. Political Writings*. Ed. Donald Greene. New Haven: Yale UP, 1977. 387-400. Vol. 10 of *The Yale Edition of the Works of Samuel Johnson*. (Johnson ②)

Kramnick, Isaac. *Bolingbroke and His Circle: The Politics of Nostalgia in the Age of Walpole*. 1968. Ithaca: Cornell UP, 1992.

Mandeville, Bernard. *The Fable of the Bees*. Ed. Phillip Harth. Penguin Classics. 1970. Harmondsworth: Penguin, 1989. 泉谷治訳『蜂の寓話――私悪すなわち公益』叢書・ウニベルシタス157、法政大学出版局、1985年。

Rogers, Pat. *The Samuel Johnson Encyclopedia*. Westport: Greenwood, 1996. 永嶋大典監訳『サミュエル・ジョンソン百科事典』ゆまに書房、1999年。

今井宏編 『イギリス史2――近世』 世界歴史大系、山川出版社、1990年。

江藤秀一 『十八世紀のスコットランド――ドクター・ジョンソンの旅行記を巡って』 開拓社、2008年。

小林章夫 『イギリス英語の裏表』 ちくま新書284、筑摩書房、2001年。

柘植尚則 『イギリスのモラリストたち』 研究社、2009年。

森護 『英国王室史話』 下巻、中公文庫も-23-2、中央公論新社、2000年。

第5章

ジョンソン英文典における統語論の扱いとその先見性

池田　真

＜ジョンソン博士の英辞典と英文典＞

　ウィリアム・サッカレーの『虚栄の市』は、上流階級と資産家の令嬢を教育する女学校の描写で幕を開ける。その女性校長は「ジョンソン博士の友人」であり、「ことあるごとにその名を口にし」、「ジョンソン博士の訪問により名声と財産を得て」、「教え子が同校を去る際には必ずジョンソン辞典を贈る」(Thackeray, 1-4) とされている。場面設定は「今世紀［19世紀］がまだ十代の頃」、すなわち1810年代であり、作品そのものが出版されたのは1847年から1848年にかけてである。ジョンソンの『英語辞典』が世に出たのが1755年であることを考えると、その威信と威光が当時のイギリスでどれほど大きく、強く、また長く続いていたかが分かる。もちろん、後世の視点から辞書編纂の欠点を指摘することはたやすいが（例えば、難解語中心の選択、文学・道徳的引用に偏った用例、主観的な定義など）、その語義・語法の記述や引用による用例提示といった手法は「真の意味で原理に基づく辞典編集の最初の試み」(Crystal, 75) であり、ジョンソン博士の辞書学上の功績は今に至るまで甚大である。

　では、文法においてはどうであろうか。おそらく、たとえ英語史研究にかかわっていても、とくに英文法史が専門でなければ、ジョンソン博士と文法は簡単には結びつかないのでないか。それも無理なからぬことである。ひとつには、実体の問題がある。本稿では便宜上「ジョンソン英文典」と

しているが、それは独立して刊行された文法書ではなく、『英語辞典』の冒頭部にある「英語の文法」'A Grammar of the English Tongue' と題された十数ページの解説付録にすぎない。また、内容の問題もある。出版当時（18世紀後半）の「英文法について［辞書と同じくらいの］正確かつ広範な知見を出していないのは残念だ」(Priestly, xxiii) といった穏やかな批判、サッカレーの時代（19世紀前半）になされた「あらゆる点でまことに卑しむべき出来ばえで、一国家の学術と勤勉にとっての恥辱」(Horne Tooke, 212) といった酷評、そして現在の「辞書本体に比べるとおざなり」(Rogers, 316) のような批評に見られるように、辞書に対する絶賛とは対をなしている。

ただしもちろん、その英文法史上の意義を評価する声がないわけではない。例えば、永嶋は規範文法の祖であるロバート・ラウスに対するジョンソンの影響を次のように述べている。

> ラウスの Short Introduction は、脚注に標準的作家からの誤用例を数多く集めて論評し、それゆえに大きな反響を呼び起こしたが、その例文のいくつかをジョンソンから借用したことはともかく、その方法自体、ジョンソンが『辞典』のなかで行った語法に関する評言を継承発展させ、文法体系に従って組織化したものと言える。18世紀後半における英文法の流れを決定した Short Introduction は、その原動力をジョンソンの『辞典』に得ているのである。（永嶋、244）

この他にも、記述文法家の先駆けとも言えるジョーゼフ・プリーストリーへの影響や（三好、56）、英語の品詞分類に対する貢献（渡部①、356-7）も指摘されている。だが、こういった好意的な評価は一部であり、ジョンソン文典の評判は概して芳しくない。その最大の理由は、「［…］欠陥や不備を突くのは容易であるが、特に目立つのは、たった11行の本文で片づけられてしまった syntax である」（渡部①、357）という意見に代表される、統語論の貧弱さである。

本稿の目的は、ジョンソン文法の最大の弱点とされる統語論について、肯定的に考察することにある。具体的には、ジョンソン文典における統語論の記述を概観した後にそのような扱いを選択した理由を考え、その上でジョン

ソン博士の独創的文法観——先見性と言ってもよい——を主張したい。

＜ジョンソン博士の統語論の扱いとその理由＞

　まずはジョンソン博士が統語論をどのように扱っているかを見てみよう。すでに出てきたように、その分量はほんの十数行なので、全文を引用してから、必要な説明を加えることとする。

　　　　　　　　　　　統語論
　文法家たちの確立した慣わしではここで統語論を扱うが、我々の言語は屈折、すなわち語尾変化がほとんどないため、その構成には多くの規則を必要とせず、また認める必要もない。ウオリスはしたがって完全にそれを無視した。[ベン・]ジョンソンは古典語の文法家に倣わんとして統語論を必要不可欠と考え、つまらぬ著述をしているが、なくしてしまった方がよかろう。

　　動詞は、他の言語のように、数および人称において主格と一致する（'Thou *fliest* from good'; 'He *runs* to death.'）。
　　形容詞と代名詞は変化しない。
　　２つの名詞のうち、所有格の名詞が属格である（'His *father's* glory'; 'The *sun's* heat.'）。
　　他動詞は斜格を要求する（'He loves *me*'; 'You fear *him*.'）。
　　全ての前置詞は斜格を要求する（'He gave this to *me*'; 'He took this from *me*'; 'He says this of *me*'; 'He came with *me*.'）。
　　　　　　　　　　（Johnson ①, n. pag., 下線と斜体は現筆者）。

冒頭で述べられているように、ラテン文典の伝統を引き継ぐ近世の英文法書では、語形論（etymology）の後に統語論を続けるのが「確立された慣わし」であった。それは通常はどんなに少なくとも数ページにわたるものであり、ここで酷評されている劇作家ベン・ジョンソンの『英文法』にいたっては、統語論を独立させて９章からなる第２巻として出している。そこに

見られるのは、語と語の文法的一致や語順といった一般的な統語規則だけでなく、'either' や 'nor' といった個別の単語の語法や、アポストロフィーやコロンのような句読法の使い方まで含める拡大路線である。ジョンソン文典では、引用の下線部にあるように、英語は屈折すなわち語尾変化が少ないので多くの規則を必要としないという対極的な立場を取っている。つまり、ジョンソン博士にとっての統語論とは、他の語との関係で動詞・名詞・代名詞の語形がどう決まるかに限定した形式主義的ミニマリズムなのである。このような観点に立つと、英語の統語論は引用の後半部にあるとおり、名詞の主格と動詞における数の一致、所有関係を表わす名詞の属格、他動詞の後に続く代名詞の斜格（主格以外の語形）、前置詞の後に置かれる代名詞の斜格のわずか4つということになる。その結果、英語の統語論がほんの十数行で済んでしまうというわけである。それもひとつの見識ではあるが、それにしても極端すぎやしないだろうか。なぜジョンソン博士はそこまでシンタックスを簡素化したのであろうか。

　実際上の理由として考えられるのは、時間不足である。最新の評伝によると、ジョンソン博士が辞典の冒頭に収録する英語史と英文法に取りかかったのは出版前年（1754年）の夏であり、秋には完成させた。その結果、「大作を完結させるのに飛び越えねばならぬ障害としていらつきながら、不注意かつおざなりに書いた」という（Martin, 257）。たしかにそのような面は否定できず、ジョンソン文典の多くはジョン・ウォリスの『英文法』の引き写しであると指摘されている（Reddick, 74）。

　このような物理的制約の他、ラテン語の影響もあったと思われる。ジョンソン博士は、学校時代からラテン文法に抜きん出ており、他の生徒が1日当たり16問の練習問題をこなすのに対し25問を解いたという（Martin, 33-35）。短い期間ではあるが、教師になってからは当時よく使われていたリリーのラテン文典を教えもした（Clifford, 132）。また、最初の著作はポープの詩をラテン語の韻文に訳したもので、ポープ自身がその出来ばえに感心したとも言われる（Rogers, 312）、さらには亡くなる間際の言葉もラテン語の 'iam moriturus'（臨終じゃ）であったという（Rogers, 322）。こういったことから、「おそらくジョンソンは文法を主に古典語の観点で考えており、そのため統語的な働きをする英単語や形態の定義は、ラテン語やギリシャ語を含める傾向が往々にしてある」という意見が出てくる（DeMaria,

115)。先に見た4種の語形と統語的機能の完全対応は、屈折言語に基づく考え方である。

その他、英文法史の観点から、「近世初期の英文法家中、ある者（HumeやButler）はsyntaxをまったく無視し、また、他のある者（Wallisなど）は軽視した。syntaxを軽視するというこの傾向は、Dr. Samuel Johnsonの時代までにもおよぶ」（渡部②、356）という指摘もなされている。ジョンソン博士の統語論の扱いは、シンタックスを重視しない近世ラテン文法書を範とする初期の英文典が持つ必然的特徴というわけである。

以上の考察にはそれぞれ理があると思われるが、本稿ではその極端とも言える統語論観に、より積極的な意義を見出したい。いや、そこにこそジョンソン博士の英語に対する言語的洞察が表われているのである。それについては、項を改めて論じたい。

＜ジョンソン博士の独創的言語観＞

近代期における英文典作成の哲学、方針、題材、内容などは文法の定義に集約されていることが多い。分かりやすい例として、学校文法の淵源であるリンドレー・マレーのものと、記述文法の先駆けたるプリーストリーのそれを比較してみよう。

> 英文法は英語を適切に話し書くための<u>技法</u>である。（Murray, 1, 下線は現筆者）
> いかなる言語の文法もその構造の<u>観察</u>の集積であり、その言語を適切に使うための規則の体系である。（Priestley, 3, 下線は現筆者）

マレーの文法書は18世紀末に初版が出され、産業革命により大量に生み出された中産階級がそのステータスシンボルたる規範文法を身に着けるためのバイブルとして、19世紀半ばまで英米の市場を独占した（池田①、123-127）。その役割を端的に示しているのが、定義の中にある「技法」（art）という語である。マレーにとって英文法とは、あくまでも標準語を習得するための実践的方法であったことが分かる。それに対して酸素の発見者

でもあるプリーストリーは、文法を科学的考察の対象と見なし、今で言えば言語データの分析に基づく規則の体系化を試みた。その態度は「観察」（observations）というキーワードによく表われている。では、ジョンソン博士の場合はどうなのか。

　まずは定義を見ると、「単語を適切に使う技法」（Johnson ①, n. pag.）となっている。これは、一見するとマレーと同じく「言葉を正しく使う方法」と述べているように思われる。だが、ここで注目したいのは、「適切に使う」対象が、マレーのように「英語」（the English language）といった漠然としたものではなく、「単語」（words）に特定されていることである。つまり、ジョンソン博士は文法を言語ないし文の仕組みというよりは、語の用い方と捉えているのである。実際、ジョンソン辞典の企画概要を記した『英語辞典の計画』では、英語の統語論について次のように述べている。

> この言語［英語］の統語は一貫性がないため規則化できず、個々の単語を最良の著者たちがどう使うかを個別に考察することによってしか学べない。したがって、現在の言い方では、「その兵士は負傷で死んだ」（died *of* his wounds）と言い、「その船員は飢餓で死亡した」（perished *with* hunger）と言う。［…］英語の統語はそれゆえ一般的規則ではなく、固有の先例によって教えられるべきである。（Johnson ②, 17、下線は現筆者）

ここにジョンソン博士の奇怪ともいえるシンタックス取り扱いの謎を解く鍵がある。古代ギリシャ・ローマ時代以来、言語を考える視点として正則（analogy）と変則（anomalies）という二分法がある。前者は言語には本質的に秩序（order）が備わっており、その規則性を見つけ出すのが文法家の使命と考え、後者は言語は混沌（chaos）が支配する世界であり、その不規則性を受け入れるべしと考える（McArthur, 43-47）。ジョンソン博士は引用文中の下線部に見られるとおり明らかに後者の立場であり、英語の統語論を anomalies たる個別の用法の集積と見なしている。このような視座に立つと、英語の統語論はつまるところ各単語の語法であり、その数は無限になるので文法書で全貌を示すことは不可能という判断になる。そのような単純な割り切り方には異論もあろうが、後で述べるようにこれはひと

つの卓見であり、その信念に基づいてジョンソン博士は英語の統語法を、先の4種類（名詞と動詞の一致、名詞の属格、他動詞に続く代名詞の格、前置詞に支配される代名詞の格）に制限したのである。

　では、ジョンソン流統語論の中核をなす語法はどうするのかというと、それは辞書の各語の項目に説明を委ねるのである。例えば、以下に引用するジョンソン辞典の語法解説は、当時の文法書では統語論で取り上げられた類いのものである。

　　MEAN. 名詞
　　5. 時に複数で用いられ、あまり文法的ではないが、単数を示す形容詞と使う人もいる（'By this *means*'）。

　　ME.
　　3. 時に非文法的に 'I' の代わりに用いられる（'*methinks*'; '*Me* rather had'）。

最初の例は「手段」という意味の means の使い方であるが、当時は今のように単複同形とは見なさず、複数形（歴史的にはそれが正しい）なのに単数形として扱われる「誤用例」として説明されるのが一般的であった。第二の例は me を主格として用いる用法である。これは今でもイギリスにおける特定の階級・地域方言で見受けられるものであるが、当時はわざわざ辞書で取り上げる必要があるほど一般的なものだったのだろう。いずれにせよ、その「間違い」の例として、ジョンソンが言うところの「最良の書き手たち」たるベーコンやシェイクスピアをも引いているのが興味深い。大作家であっても規範からの逸脱は許さないという態度は、本稿の冒頭で引用した永嶋が指摘するように、たしかに後のラウスに引き継がれている。

　以上のことから言えるのは、ジョンソン文典はあくまでも辞典の一部であり、辞典との連携で英語の語彙と文法の体系を示すのがジョンソン博士の真意であったということだ。ここに辞書家兼文法家としてのジョンソン博士の真骨頂がある。言い換えるならば、辞書の文法解説部分にある統語論の情報量の少なさを批判するだけでは、ジョンソン文典の本質は見えてこないということである。ただし、ジョンソン辞典本体が、当時の人々

が正誤判断を求めていた様々な語法に対して必要な答えを十分に与えたかというと、そうではない。副詞 'only' の位置（e.g. 'I *only* spake three words', Lowth, 99）、二重否定の意味（e.g. '*Nor* did they *not* perceive the evil plight', Lowth, 100）、than の後の代名詞の格（e.g. 'Thou art wiser than *I* [am]', Lowth, 113）など、ラウスを筆頭とする当時の規範文法家ならば必ず取り上げていた項目がすっぽりと落ちているのである。クリスタルはジョンソン辞典における「扱いのむら」（Crystal, 75）を指摘しているが（例えば、アルファベットの最初の単語の方が後のものよりも例文がずっと多い、など）、語法説明についてもそれが当てはまることは否めない。だが、それを差し引いたとしても、ジョンソン流の英語統語観は優れた見識であり、ジョンソン文典の批判でよく使われる「おざなり」という評言は的外れとは言わないまでも本質を射抜いてはいない。

＜ジョンソン博士の先見性＞

本論考ではジョンソン博士の統語論に関する再評価を試みてきたが、その結論として3つの先見性を指摘したい。まずは、やはり辞書編纂に関してである。前項においてジョンソン辞典から 'means' と 'me' の語法説明を引用したが、そのような語学的記述を永嶋は「言語文化的」（philological）と呼んで以下のように評価している。

> ジョンソンの『辞典』の革新的様相に総括的形容詞を付与するとすれば、《言語文化的》（philological）と呼ぶのが適切であろう。《言語文化的》とは、文法的単語の説明に詳しいという、いわば狭義の語学的（文法的）性格のみならず、標準的作家の用例の豊富な引用、個々の作家の語法に対する表現など、文学（文献）解釈とも密接に関係しているという意味において、文学的要素も含んでいる。これらの要素をいっそう大規模に、そして組織的・学術的に編纂したのが、いうまでもなく *OED* である。ジョンソンは、ベイリーまでの英語辞書の伝統を遮断し、言語文化的英語辞書を確立したことによって、*OED* への道を開いたのである。（永嶋、171-72、下線は現筆者）

第2の先見性は文法観である。繰り返し述べてきたように、ジョンソン博士は統語論において「文法」（英語全般の仕組み）と「語法」（各単語の使い方）に明確な一線を引いている。これは特に現在の日本の英語教育にとって示唆的である。というのも、多くの現場で両者を区別せずに教えることで語法上の正誤を云々する瑣末主義に陥り、多くの英語嫌いを生み出しているからである。比喩を用いるならば、生徒には広角レンズ（景色などの全体像を撮影するためのもの）が必要なのに、マクロレンズ（植物などの詳細部を撮影するためのもの）を与えているようなものである。ジョンソン博士ほど極端ではなくとも、英語の基本的文構造を習得するのに不可欠な文法項目と、学習段階や使用場面に応じて学ぶべき語法との仕分けが必要なのである（詳しくは池田②を参照）。

　それに関連して、先取性の最後は言語教育法についてである。文法の定義のところで述べたように、辞書家たるジョンソンは「文法とは単語の適切な使用法なり」という語彙中心の言語観を持っていた。これは、「[…]言語は文法化した語彙で構成される」（Thornbury, 119）という1990年代頃から出てきた「語彙的言語教育法」（Lexical Approach）と類似した考え方である。言語習得の上で中心になるのは文法規則なのか、単語の意味・語法なのかは、卵と鶏のどちらが先かというのと同じで永遠に答えが出ない命題であるが、古代ギリシャ・ローマ以来の文法中心的言語観および教育法に一石を投じたという意味で、ジョンソン博士は語彙的教育法に250年も先んじているのである。

[参考文献]

Clifford, James. *Young Samuel Johnson.* Melborne: William Heinemann, 1955.

Crystal, David. *The Cambridge Encyclopedia of the English Language.* 2nd ed. Cambridge: Cambridge UP, 2003.

DeMaria, Robert. *Johson's Dictionary and the Language of Learning.* Oxford: Clarendon Press, 1986.

Horne Tooke, John. *The Diversions of Purley.* Vol. 2. 1829. Tokyo: Nan'un-do, 1969.

Johnson, Samuel. *The Plan of a Dictionary of the English Language.* 1747. London: Thomas Harmosworth, 2000. (Johnson ①)

———. 'A Grammar of the English Tongue.' *A Dictionary of the English Language*, 1755. Tokyo: Yushodo, 1983. (Johnson ②)

Jonson, Ben. *The English Grammar.* 1640. Tokyo: Nan'un-do, 1968.

Lowth, Robert. *A Short Introduction to English Grammar.* 1764. Tokyo: Nan'un-do, 1968.

Martin, Peter. *Samuel Johnson: a Biography.* London: Weidenfeld & Nicolson, 2008.

McArthur, Tom. *A Foundation Course for Language Teachers.* Cambridge: Cambridge UP, 1983.

Murray, Lindley. *English Grammar, Adapted to the Different Classes of Learners.* 1806. Tokyo: Nan'un-do, 1971.

Priestley, Joseph. *The Rudiments of English Grammar.* 1769. Tokyo: Nan'un-do, 1971.

Reddick, Allen. *The Making of Johnson's Dictionary 1746-1773.* Cambridge: Cambridge UP, 1990.

Rogers, Pat. 'Johnson, Samuel (1709-1784).' *Oxford Dictionary of National Biography.* 2004.

Thackeray, William. *Vanity Fair: A Novel without a Hero.* Vol. 1. 1847. London: Smith, Elder, & Co., 1892.

Thornbury, Scott. *An A-Z of ELT: A Dictionary of Terms and Concepts Used in English Language Teaching.* Oxford: Macmillan, 2006.

池田真 「マレー文典の人気度と書評の分析」*Soundings*、第24号、123-136、1998年。(池田①)

———.「文法と語法の違いとは？」『英語教育』 第56巻第4号、10-12、2007年。(池田②)

永嶋大典 『ジョンソンの「英語辞典」——その歴史的意義』 大修館書店、1983年。

三好楠二郎 「プリーストリの『英文典』とジョンソンの『英語辞典』——英文法史の転換」『岡山女子短期大学紀要』 第10号、49-57、1987年。

渡部昇一 『英語学史』 大修館書店、1975年。(渡部①)

———.『英文法史』 研究社、1965年。(渡部②)

第6章

ささやかな修正規範主義宣言

ジョンソン『英語辞典』の珍妙な定義が示すもの

下永　裕基

＜珍妙な定義＞

　サミュエル・ジョンソンの『英語辞典』というと、oats「燕麦、オート麦」の定義に代表される珍妙な、ジョンソンお得意の毒舌をからめた定義が連想される。

> A grain, which in England is generally given to horses, but in Scotland supports the people.[1]（穀物の一種。イングランドでは通例、馬に与えられるが、スコットランドでは人間を養う）

その他、この種の定義で有名なものとしては、'dedication'「献辞」、'excise'「物品税」、'lexicographer'「辞典編纂者」、'patron'「パトロン」、'pension'「年金」、'pensioner'、'Tory'「トーリー党員」などがあり、再版の際に削除されたものもある。
　時としてジョンソンは、遊び心を働かせる。名詞 'network'「網細工、網状の組織」[2] の定義の場合、

> Any thing reticulated or decussated, at equal distances, with interstices between the intersections.（網紋ないし交差状になっているもの。等間隔で、交差部間に間隙を有する）

というように、もとの語よりも定義のほうがはるかに難解になっている。[3] そこで、この定義に用いられた 'reticulated' をこの辞書で引けば、

> Made of network; formed with interstitial vacuities.（網状の組織で作られた；間隙に空をもって形成された）

と、再びもとの語に戻ってしまうからくりである。

確かに、ジョンソンの性格を反映したこの種の個性的な定義の記載は、イギリス紳士が放つウィットやユーモアが英語史上に輝き出た注目すべき事例と言えるが、この種の定義が見られるのは十五語程度にすぎず、これをもって『英語辞典』の特徴を云々することはできない（大森、272；永嶋②、253-254）──これはジョンソンの『英語辞典』を語る上で基本的な姿勢である。ジョンソンの定義はむしろ非常に洗練されたものであって、後代の辞書に与えた影響は計り知れないからだ。[4] したがって、一般読者の興味は別として、学問的にはこの種の定義は一顧だにされないのが通例である。

しかしそうした基本的姿勢を踏まえた上で、あえてこのわずかしかない珍妙な定義の存在理由について考察し、『英語辞典』成功の要因を物語るものとして無視できないと考えるのが、本論考の立場である。

ジョンソンは『英語辞典』で名詞 'dictionary'「辞典」を、

> A book containing the words of any language in alphabetical order, <u>with explanation of their meaning</u>; a lexicon; a vocabulary; a word-book.（下線は引用者）（ある言語の単語をアルファベット順におさめた書物で、その意味を説明したもの。用語集、語彙集、単語集）

と定義する。しかし、実際ジョンソンの『英語辞典』が果たした役割は、単なる語義の説明にとどまるものではなかった。当時発音との間に乖離を生じつつも一定しなかった綴字をほぼ確定させ、また英語の劣化が嘆かれていた時代にあって、単語の意味・用法の良し悪しを規定したのである。そして、綴字が確定したことは、ジョンソンの『英語辞典』が権威として受け止められたことの証左であり、[5] 語や語義・用法に対する善悪の判断はジョンソンの『英語辞典』が規範主義的性格を有したものであることを示

唆している。
　しかしジョンソンの辞書が権威であり、規範主義的であることと、その辞書に珍妙な定義が含まれていることは、本来、互いに両立しないはずである。それを考えれば、珍妙な定義は、いかに数が少ないとは言え、ジョンソンがこっそり行なったユーモア溢れるいたずらに過ぎないとして一笑に付すわけにいかなくなる。むしろそこに何らかの精神の反映を読み取ることも、あながち無益なことではあるまいと思われるのである。

＜ジョンソン『英語辞典』成立の時代的背景[6]＞

（1）英語辞典の誕生
　ジョンソンの『英語辞典』が権威であり、規範主義的であることの理由や意味は、それを歴史的な流れの中に位置づけてみなければ理解できない。そこで、まずはジョンソン以前の時代をふり返り、『英語辞典』成立の背景について確認しておこう。
　イギリスにおいて辞典といえばラテン語（羅英辞典）のほうが歴史は長く、語句注解（glossary）を含めれば古英語時代からすでに存在する。ノルマン・コンクェスト以降、中英語時代を通じてイングランドとの関わりを深めたフランス語も、カクストンによる活版印刷の導入（15世紀末）と同時に、語句集や入門書が刊行されはじめる。[7]このルネサンス期には、羅英辞典だけでなく、同時に近隣諸国の言語の辞典も登場し、英語辞典が姿を現すのはやや遅れて17世紀に入ってからである。
　初期の英語辞典は、難語解説を目的とした。最初の英語辞典は1604年にコードリーが編纂した『アルファベット順語彙表——ヘブライ語・ギリシア語・ラテン語・フランス語等より借入せる難解な通用英単語の正しい書き方および解釈を収録、教授』で、副題の示すとおり、難語辞典である。続いて1616年、ブロカーが『英語解説——わが国の言語にて使用される最も難解な語の解釈を教授』と題する約五千語収録の難語辞典を刊行した。
　英語辞典のタイトルに 'dictionary' の語を用いたのは、コッカラムの『英語辞典（*The English Dictionarie*）——英語の難語解釈辞典』（1623）が最初で、[8]副題にみるようにこれも難語辞典であった。以後、ブラントの『グロッソグ

ラフィア——全難語解説辞典』(1656)、フィリップスの『英単語の新世界——一般辞典』(1658) と続く。後者は 'general' という形容詞を用いているが、外来語や学術用語を扱う難語辞典であった。

　これらの難語辞典はそれぞれに版を重ねており、この時代いかに難語解説のニーズが高かったかを物語る。その他、レイの方言辞典『一般に使用されない英単語の集成』(1674)、方言・隠語・古語まで収録したコウルズ編『英語辞典——神学、農業、物理、哲学、法学、航海術、数学およびその他の学芸にて用いられる難語の解説』(1676) など、17 世紀を通じて英語辞典といえば、一般的でない語彙を扱うものというのが常識であった。

　難語が大量に生じたのは、イギリス・ルネサンスにおいて大量の古典語が外来語として英語語彙に加わったからである。[9] さらに、16 世紀後半のスペイン無敵艦隊に対する大勝利 (1588) に象徴されるように、イングランドの国際的地位が高まってきたという事情もあって、17 世紀には英語教育の重要性を主張する論調が増えた。[10] 言うなればこれらは、英語がいまや大陸の諸言語と堂々と並び立つ言語であることの宣言である。

(2) 言語アカデミー思想

　英語の重要性の高まりと同時に、英語の乱れもひどく目につくようになり、古典語にみられるような規律のある正しい英語を整備するために、規範的な文法が必要とされるようになった。また綴字についても、発音との乖離が著しくなったうえに、筆者によって不統一がみられるなどの問題があり、各種の綴字改革が提唱された。[11] 国内・海外向けに英語学習用の文法書、綴字教本が多数作られ、18 世紀のラウス、マレーらによって英文法の骨格が固まるまで、さまざまなテキストの刊行が続いたのである。

　しかしこうした国語整備の動きは、隣国フランスでは国家レベルで行われていた。宰相リシュリューによるアカデミー・フランセーズの設立は 1635 年のことで、その約 60 年かけて標準フランス語確立のための『フランス・アカデミー辞典』が刊行された。イタリアでの同種の事業はさらに早く、『クルスカ・アカデミー辞典』刊行は 1612 年である。大陸での言語アカデミー思想[12] を背景としたこれらの巨大プロジェクトとその成果を見て、イギリスは大いに焦ることとなる。王政復古の 1660 年、ベーコンの『ニュー・アトランティス』が R.H. と名乗る人物により要約・加筆さ

れて、イギリスにアカデミーを設立する提案がなされ、ドライデンやイーヴリンらがこれに賛同するようになる。彼らも名を連ねた王立協会（Royal Society, 1662年認可）は、本来、科学研究に資することを目的としていたが、英語改良委員会（Committee for Improving the English Language）を設置して英語改良に取り組んだ(ただし数回会合を開いた程度)。こうして、フランスに倣ってイギリスへのアカデミー設立を主張する文人が18世紀前半にかけて続く——デフォー、アディソン、スウィフトら英文学史上のビッグ・ネームであった。[13] しかしその言語アカデミーの運動は、1755年に刊行されたジョンソンの『英語辞典』の成功によってほぼその目的が達成され、[14] 一気に失速することになる。

(3) 本格的英語辞典の登場——18世紀

前々節に挙げたような17世紀の難語辞典は、その増補改訂版、あるいは縮約版が18世紀に入っても出版され続けた。一方、難語以外の一般的語彙を扱う辞典の刊行は、17世紀にはみられず、ようやく18世紀になって始まった。それはJ. K.と称する編者による、約二万八千語収録の『新英語辞典』(1702)であった。コードリーの難語辞典から実に百年近くが経過して、初めて日常的な語を多数含む英語辞典が誕生したわけである。

すべての語を収録することを基本理念とした最初の本格的な英語辞典は、ベイリーによる『語源的英語大辞典』(1721)であった。1727年に補遺(表題は若干異なる)を刊行、31年の改訂（第5版）では発音・アクセント・綴字区分が追加され、1755年には大規模改訂とともに文法解説が追加され、この同年にジョンソンの『英語辞典』が刊行されなかったなら、市場を席巻したに違いない。[15] 隠語や諺も含めるなどして増補を重ね、1802年には第30版が刊行された。ベイリーはこの他、1730年に『ディクツィオナリウム・ブリタンニクム——現行辞典で最も完成された語源的英語大辞典』を刊行し、学術語を多数収録して語源的解説にも力を入れた。この辞書はジョンソンが『英語辞典』を制作する際のひとつの基礎となった。[16] ちょうど「理性の時代」、すなわち啓蒙主義と自然科学の発達の時代にあって、ベイリーの辞典は改訂ごとに百科全書的な要素を色濃くする傾向にあり、語彙は肥大化の一途をたどった。このような百科事典的性格をもつ英語辞典は19世紀にも刊行され続けるが、権威ある辞書の"決定版"として

認められたジョンソンの『英語辞典』が必ずしもこうした百科全書的なものでなかったことは、注目すべきであろう。[17] 一般的な語彙を扱うその他の英語辞典には、ダイクとパードンによる『新一般英語辞典』(1735) があり、これは学問用語に疎い層をターゲットとしていた。

この他に、実現しなかった辞書計画も多々あったはずである。知られているものとしては、たとえばアディソンも辞典の出版を企画していたし、詩人ポープ、ウォーバートンらも辞書編纂を企てていたが、実現していない。しかし、ポープの作成した引用文献リストは、ジョンソンが手にすることになる。

(4) ジョンソンの『英語辞典』

ジョンソンは、1746年に出版業者のドズリーらと辞典計画で接触、同年4月30日までに「英語の新辞典編纂にあたっての小計画書」を書いた。[18] 6月18日に出版契約[19]を締結すると、6名の助手とともに辞書編纂に着手した。翌1747年8月には、パトロンとなるべきチェスタフィールド伯に送った英語辞典の『英語辞典計画書』が公開された。[20] 文人として名が知られていたジョンソンの英語辞典出版計画は、大いに関心を集めたと思われる。

支援もしないままパトロン面(づら)をするチェスタフィールド伯との確執がなかったとしても、ジョンソンの『英語辞典』の産みの苦しみは、我々の想像をはるかに超えるものであっただろう。第一巻にA〜K、第二巻にL〜Zを収録するが、スタートしていた作業が一度やり直しを余儀なくされた可能性があり、第一巻の本文(序文や文法、英語史を除く)の完成は1753年であったという (Rogers, 'Dictionary'; 永嶋②、245-6、249)。刊行が1755年であることをみると、後半の作業はかなり円滑に進んだようである。印刷は編集作業と並行して行なわれ、1755年4月15日、二巻本として2000部が刊行された。多数の書評が出され（永嶋②、255-7)、[21] いかにこの辞典の刊行が注目されていたかがうかがわれる。

＜規範主義 vs 記述主義＞

ジョンソンの『英語辞典』の編纂過程や、同時代の他の辞書との比較に

おいてしばしば論じられるのが、ジョンソンの編纂姿勢である。この時代に受け入れられる英語辞典を制作するには、時代のニーズに応えるために、第一に洗練されていなければならず、第二に、啓蒙主義・理性の時代にふさわしく整備されたものでなければならなかった。これらの目的を達するためには、編集者に規範主義的態度（prescriptivism）が求められる。これは言語は規格化されるべきであるとする態度で、フランスの事例を見ると、アカデミー辞典によって整備された標準フランス語は、学問・教育の領域に広まって地方方言を衰退させる結果を招いている。

ジョンソンの『英語辞典』の規範主義的精神の表れは、たとえば単語の語義や用法に付された良し悪しの区別に見られる。たとえば好ましからざる語やその用法について、'bad'「良くない」、'barbarous'「粗野な」、'low'「低級な」、'cant'「卑俗な」、'low cant'「低級で卑俗な」などと記すのである。造語や流行語の類は、保守的なジョンソンにとっては忌避すべきものであり、その一方で出自の明らかな語を良しとし、語源欄を設けている。[22]

もっとも、ジョンソンが単語の良し悪しを判断しても、結果的にそれは効力をもたなかった。ジョンソンが否定的だった'banter'「からかう、馬鹿にする」、'clever'「巧妙な、器用な」、'fun'「娯楽、歓楽」、'stingy'「欲深い、けちな」などの語は今日では避けるべき語とはみなされない。当然ながら人間の認識の変化とともに語義も変化するから、「決定版」の辞典と言えど単語の意味変化を抑止することはできない。しかしジョンソンは、そうした辞書の限界、あるいは言語の変化のもつ勢いについて認識しつつも、言語を一定程度規制しようとしていたことは事実である。

ジョンソンには、その一方で、単に理性に基づく規範主義的態度というだけでは説明のつかない要素も多数ある。場合によっては規範主義と記述主義（descriptivism）とが表裏一体に思えてくることもある。記述主義とは、言語の実際の用例から帰納して、言語のルールを組み立てる姿勢である。ジョンソンには、たとえ合理的でなくとも、習慣として定着したものはそのまま受け入れる寛大な姿勢がみられた。英語の最も非合理的といえる綴字について、彼は『英語辞典』の序文で次のように述べる。

これまで一定せず、恣意的であった正字法を整理するに際して、わたしは、英語とおそらく同じくらい古く、英語固有のものとなっている

不規則性と、後代の作家の無知や怠慢が生み出した不規則性とを区別する必要があるとわかった。どんな言語にも例外はあり、そうした例外は…（中略）…人間のものにまつわる不完全さのひとつとして甘受されねばならぬもの、そしてこうした例外がただ増えないように記録され、混同されないように確定される必要があるものだ。どの言語も同じように誤用や非常識があるのであって、それを修正し、また禁じることが、辞書編纂者のつとめなのである。（「序文」Paragraph 6.）

すなわち理性的に規範主義を適用していくのは言語における 'impropriety'（誤用）や 'absurdities'（非常識）を規正する場合であって、伝統的に定着したものは、たとえ不便であってもそれを継承するという姿勢である。何を継承し、何を修正・禁止するかの判別を辞書が行なう点では規範主義といえるが、合理性を欠くものであれ慣用をある程度許容する点では記述主義的である。

『英語辞典』の編纂にあたってジョンソンの言語感覚が輝いているのが、「句動詞」（phrasal verbs）の扱いであると思われる（永嶋②、247-8）。ジョンソンは句動詞への関心をすでに1747年公開の『英語辞典計画書』で表わしているが（永嶋①、288-9）、ここでは『英語辞典』の「序文」から、ジョンソンの言葉を引用してみよう。

　もうひとつ、おそらく言語のうちで英語において最もよく見られ、外国人にとってきわめて大きな困難を生じさせる構造がある。われわれは、多くの動詞がもつ意味を、小辞を付加することで変えている。たとえば 'come off'「策を弄して逃れる」、'fall on'「襲う」、…（中略）…など、数え切れないほどの同種の表現があり、その一部は、単純な語のもつ語義からかけはなれてしまって、どんな知力をもってしても今日の用法に到達した筋道をたどれないほど、ひどく規則性がないように見える。これらについて私は入念に注釈した。そして、完璧に収集したなどとうぬぼれることはできないが、この段階でわたしは自分が、英語の学習者を助けたと、すなわちこの種の言い回しがもはや克服不能ではなくなるであろうと、信ずるのである。動詞と小辞の、たまたま含まれなかった組み合わせについては、辞書中にある組み合わ

せとの比較によって、容易に説明がなされることであろう。(「序文」Paragraph 41.)

　これによると、「単純な語のもつ語義からかけはなれてしまって、どんな知力をもってしても今日の用法に到達した筋道をたどれないほど」になってしまったこれらの句動詞を、否定的に取り上げてはいない。むしろかなりの紙幅を割いて初めてていねいに収録したことは、記述主義的であるといえる。しかし引用文を一読すればわかるように、ジョンソンは外国人英語学習者の存在を意識しており、その上で英語の正式な表現の一部としてこの句動詞を採用したことは、規範主義的姿勢であるともいえる。
　このように、ジョンソンの『英語辞典』をめぐっては、規範主義なのか記述主義なのか、単純に割り切って論じられないところが多い。そのカテゴリー分類が、ジョンソンの辞書を論ずるうえで必ずしも有効には機能しないように思われるのである。しかしそれにもかかわらず、ジョンソン研究においては『英語辞典』の規範主義的要素と記述主義的要素とが必ず論じられ、それを矛盾としたり、折衷としたり、揺れとみなして位置づける。それは研究手法が伝統的な文献学的なものであれ、コーパス言語学を駆使したものであれ、変わらない。近年でも、ジョンソン生誕三百年を記念した論文集で、ジョンソンの規範主義的側面を論じた考察と、記述主義的側面を論じた考察とが並置されている(Lynch)。しかしいずれも、珍妙な定義については顧みることがない。

＜煮えきらぬ規範主義者ジョンソン
　vs 徹底した規範主義者アダム・スミス＞

　保守的なジョンソンは、王政復古以前の英語を模範としていた。引用文典の多くはこの時代のもので、スペンサー、フッカー、ベイコン、シェイクスピア、ブラウン、ミルトン、ボイルなどである。必要に応じて時代の近いドライデン、アディソン、スウィフト、ポープ、ロックらも盛り込まれている。偉大なる文人として知名度のあったジョンソンが、このようにある一定の基準を設けて辞書を記述すること自体、きわめて規範主義的な

行為である。しかし、すでに見たように、実際のジョンソンは規範主義を厳格に適用したのではなく、当時の英語の実態をよく観察し、記述している。

　このように規範主義を徹底しなかったジョンソンの態度は、知識階級の一部に不満を残すこともあった。その代表例としてアダム・スミスを挙げてみよう。彼は 1755 年、辞書の刊行後さっそく雑誌『エディンバラ・レビュー』第 1 号に、'Review of Johnson's Dictionary' と題する書評を寄せた。この中で、スミスは、

> 英語の辞書は、どれほど有用、いやむしろ必要なものであろうと、わずかばかりの成功をおさめた試みは、これまでひとつもなされていない。難語や専門用語を説明することが、英語辞典という名を帯びたこれまでのあらゆる著作の主たる目的であったように思われる。ジョンソン氏は、はるかに広く視野を広げ、ひとつひとつの英単語がもつさまざまな意味をすべて、十全に集め、名声の高い作家からとられた実例によって根拠を示した。本書を他の辞典と比較すれば、編者の功績はきわめて大なるものと見える。(Smith, 232)

と、辞書刊行の意義についてひととおり正当に評価している。その上で、多数の学者によって遂行されたイタリアおよびフランスの国家的プロジェクトを一個人で、かつ短期間で仕上げたことへの賛辞も惜しまない。

　しかしこうした称賛は、厳しい書評にお決まりの前口上でもある。スミスは第一に、ジョンソンの辞書の規範主義が不徹底であることを批判する。それは、'but' から始まるくだりである。

> しかし (but) われわれは、次のように思わずにいられない。すなわち、この編者が、辞書を利用する人々の判断に委ねる度合をもっと小さくし、また、正当な用法でない語については、それがたとえ高名な著者のなかに時として見られようと、編者自身による非難をもっと多く述べてほしかった、と。(Smith, 232; 下線は引用者)

　スミスはジョンソンの『英語辞典』について、利用者の判断にゆだねる程

度がもっと低かったならよいのにとの思いを禁じえないという。また高名な作家にも時としてみられる不適切な用法についても、ジョンソンがもっと目を光らせるべきであったという。

次にスミスは、語のもつ意味の派生・用法の多様化と、それに伴う品詞転換についての配慮、そして同義語との比較が不十分だと考えている。

> それらの欠点は、主として [語義の] 配置構成の中にあるもので、それはわれわれにとって<u>十分文法的でない</u>ように思われる。ひとつの語についてさまざまな語義が、たしかに収録されてはいるものの、<u>ほとんどの場合、一般的な意味の階層に整理されておらず、その語が表す主要な意味のもとに、多様な語義が広がっているわけでもない。そして一見同義語だと思える語を区別するための十分な注意が払われてはいない</u>のである。（Smith, 232-233; 下線は引用者）

スミスの書評に大きな価値があるのは、これらの遺憾な点について単に批判的な論陣を張るのではなく、自ら改善案を作成し、具体的なイメージを提供した点である。すなわちジョンソン辞書から 'but' および 'humour' の二語を抽出し、[23] それらについて自らの理想とする解説をジョンソンの解説と対比させる。もっとも改善案を見てみると高度に規範主義的で、スミス案のような『英語辞典』であったなら、いかに編者がジョンソンであっても、成功を収め得たかどうか疑問が生じるほどである。

まず 'but' についてであるが、ジョンソンはこれを 18 の語義に分類し、その典拠としてベーコン、スウィフト、シェイクスピア、ベン・ジョンソン、ドライデン、ロック、アディソン、ポープ、フッカーなどを引用している。それに対し、スミスが示す 'but' の解説は 7 項目に分割され、はじめに品詞面からの考察を示した上で、意味の中心に触れていく。

> BUT とは、反対を意味する英語の小辞。反対という一般的な意味が、さまざまに変化するのに応じて、時として副詞の地位を有することがあり、時として前置詞、時として接続詞、そして時には間投詞の地位さえ有するのである。接続詞としては 4 種、すなわち反意接続詞、選択接続詞、伝導接続詞、転移接続詞として機能する。しかしもとの、

最も固有な意味において、but は反意接続詞であるようだ。それが however と同義としてもつ意味、またラテン語では sed、フランス語では mais が表す意味においてである。（Smith, 236）

ここでスミスは自作の例文 'I should have done this, *but* was prevented.'（わたしはこれをすべきだったが、できなくなった）と 'I should have done this; I was *however* prevented.'（わたしはこれをすべきだった。しかしわたしはそうできなくなった）を比較して、'but' と 'however' の違いを論じる。

これら2つの小辞 [but と however] の違いは、主として次の点にあると思われる。すなわち but は、常に文頭において、先行するものへの逆接を示す文としなければならない。一方 however は逆接の文が始まってから、よりおだやかに導入される。そして、構文は、but を使えば連続していくことが多いといえるが、however を使うときは必ず構文は中断されなければならない。
　この点において、but を使うと、however を使う場合と比べて、逆接を表す際に、より直接的な鋭さを示すことが多いように思われる。（Smith, 236）

これによると、先行する文とそれを反対する後続文があるとして、'but' はつねに後続文の文頭に位置するが、'however' はもっと「おだやかに」（more gracefully）持ち込まれる。そして 'but' を用いる場合、文構造は連続していることがあるが、'however' なら必ず文構造は中断される。この文法的事実を根拠とすれば、'but' のほうが 'however' よりも反対の意味が強いというスミスの主張になるようである。
　スミスによれば、ある口論を話題にする際に、'I should have made some apology for my conduct, *but* was prevented by his insolence.'（私は自分のふるまいについて何らかの謝罪をすべきだったが、彼の尊大さで、そのようにできなかった）というなら、'I should have made some apology for my conduct, I was *however* prevented by his insolence.'（私は自分のふるまいについて何らかの謝罪をすべきだった。わたしはしかし、彼の尊大さで、そのようにできなかった）というときよりも強い感情と痛烈さ（more

passion and keenness）が表明されるという。客観的な計測の困難な感情や痛烈さまで辞書で規定しようとするスミスの態度として、興味深い。

　しかし、もしスミスがこのような定義の仕方をジョンソンの『英語辞典』に求めていたのだとすれば、あまりに稚拙であると言わざるを得ない。そもそも逆接の意の 'but' と 'however' が文中で占める位置は、単に文法的に決定されるものに過ぎない。そうした文法的事象（外面的要因）のみによって逆接の度合いが決定されるというのは、言語の運用面での実態を無視したものである。第一に、言語には、話し言葉と書き言葉とがあるが、話し言葉においては口調が大きく関係する。リズムもあれば、音節数の違いも語の選択に影響する。強い逆接であっても冷静な論理展開のために 'however' を用いることもあろう。第二に、言語は、つねに広い意味での文脈を意識して使用される。聞き手もしくは読み手の注目をひくために、あえて期待される表現と異なる表現手法を選択することは日常的に行われる。[24] もしも 'but' のほうが 'however' より「理論的に」強い逆接の意味を表わすことが期待されるとしても、言語の実態としては、その期待を裏切るかたちで弱い 'but' もしくは強い 'however' を用いることで、表現に新鮮味を出すことはあり得るわけである。

　皮肉な現象がこの書評の内部にある。すでに述べたように、スミス自身、この書評を書くにあたって、ひととおりの賛辞を並べ立てるが、批判展開の冒頭は but で始まるのである。もしスミスの言うように、'but' のほうが 'however' よりも強い感情と痛烈さを表明するのならば、スミスが述べた賛辞はまさに前口上にすぎず、遺憾の意の大きさを物語るものになる。スミスにはジョンソンの偉業にケチをつける意図は、それほど大きくなかっただろう。自ら「この辞書がすでにもっている良さをより一層高める」（add a considerable share of merit to that which it already possesses）ための進言であるとか、「異なる観点から他人が問題を検討することは、非難をもちこむものではない」（import no reflection upon Mr. Johnsons Dictionary that the subject has been viewed in a different light by others）などと、再三再四強調している。しかしこのような謙遜も、彼が批判の冒頭語として but を選択し、'but' と 'however' のニュアンスの違いを明記したという事実によってかき消されかねない。

　スミスによる 'but' の定義で目につくのは、ラテン語やフランス語の相

当語を示すやり方である。'unless' や 'except' とほぼ同義の 'but' は、ラテン語 'nisi' やフランス語 'sinon' と同義とする（定義2.）。そして例文 'The people are not to be satisfied, *but* by remitting them some of their taxes.'（国民は、税を一部免除することなしに、満足することはないだろう）において、そこに含まれる 'but' を 'unless' や 'except' と置換した場合のニュアンスの差異について論じている。「定義3.」は、ラテン語 'quin'、フランス語 'que'、英語 'than', 'that' とほぼ同義とし、「定義4.」はラテン語 'sed'、フランス語 'or' と同義、「定義5.」は 'no more than' の意の副詞で、ラテン語 'tantum'、英語 'only' とほぼ同義…と説明する。そして「不適切な」（improper）例を挙げて、規範主義的辞書のあり方を提示する。「定義6.」は 'except' と同義、ラテン語 'praeter'、フランス語 'hors' に相当とし、「定義7.」で間投詞としての用法を挙げる。

　以上を見れば、'but' のような単純な語について、ほとんど定義らしい定義をしないスミスの改善案がジョンソンに勝っているとは到底思えない。スミスのような解説手法をとれば、いわゆる「国語辞典」とはなり得なかっただろう。ジョンソンは、外国語の助けをいっさい借りずすべて英語で説明し、18 に分類した用法すべてについて、信頼に足る文献から例を挙げているのだから。

　用例の位置づけは、スミスとジョンソンとで大きく異なる。ジョンソンは、時代のニーズとして規範が求められた辞典に、その示す語義の根拠を文学作品や学術的著作から引用文として示した。ふさわしい用例を見出すことができない場合には、ベイリーの辞典から補ってもいる。

　しかしながらスミスの改善案を見ると、自らの定義に対する例文の典拠が示されていない。スミスの意図は、あくまで語の定義に対する改善案を提示することであって、用例の部分までは重視していなかったのかも知れない。しかしそうであれば、ジョンソンの用いた引用文をそのまま利用して定義を再分類したほうが書評としては効果的だったであろう。高名な作家にも見られる不適切な用法の指摘も、スミス自身が範を垂れるべきである。

　名詞 'humour'「体液、気分、気質」に至っては、改善案というには程遠い。ジョンソンは9つの定義を与え、'but' のときと同じように高名な著述家による用例を提示する。それに対してスミスは、どういうわけか定義に番

号を振っていない。そして、「体液」を意味する 'humour' が、'moisture'「液体、体液」とどのように異なるのかに始まり、その原義から「気分、気質」の意を獲得する過程を示し、そして「気質」を表わす別の名詞 'disposition' との違いを説明する。しかし、その違いの説明は 'seems to be...' や 'it would proper to say...' という表現で、要領を得ない。以降の説明は、'humour' の語義というよりも、'humour' とは何かという百科事典的な解説に終始する。

　改善案を読む限り、スミスはきわめて厳格な規範主義者だったと考えられる。同義語の弁別にこだわったのは、もしかしたら、すでに時代遅れの一語一義主義の影響から抜けきっていなかったからかも知れない。当時の英語の状況に鑑みて、スミスが厳格な規範主義者になる理由は十分にうなずける。しかし、その立場から作成された英語辞典が成功し得るかどうかは疑わしいことを、スミスはこの書評で実践的に証明してみせたようなものである。

　言語観としてみれば、スミスのように厳格な規範主義に立ち、言語を統制しようとする態度は、逆にきわめてナイーヴなのである。スミスのような規範主義者にとって、ジョンソンの態度は煮え切らないものに映った。ジョンソンは、もとより自分の辞書の定義が喜ばれないことを見抜いているし、自身でも満足しているわけではない。

　　わたしの辞書で、きわめて頻繁に敵意が向けられるであろうとわたしが思う箇所は、語義説明である。語義説明においては、おそらく気難しい傾向をもつ人を満足させることなど望むべくもない。というのは、わたし自身、常に自分で満足できているわけではないからだ。ことばを解釈すること自体、非常に困難なことである。表される概念がひとつしか名をもたないために、同義語で説明できない語は多い。あるいはまた、単純な概念は表現できないので、言い換えによって説明できない語も多いのである。ものごとの性質が知られていなかったり、概念が固まっておらず一定していなかったり、人によってまちまちである場合、そうした概念を伝えることばや、表されるそうしたものは、曖昧で混乱したものになるだろう。不運なる辞書編纂の道は、闇ばかりか光によってまでも妨げられ、悩まされるというのが宿命なのであ

る。うまく例証するには知識に乏しすぎるものだけでなく、知られすぎているものもある。説明する場合、説明されるものよりも難解さの度合いが低い語を使う必要があるが、そのような語がいつも見つかるわけではない。というのも、直感的にわかり、証拠が無くても明白なものを前提とせずに証明しうるものはないのと同じで、平易すぎて定義できないほどの語を使わずに定義できるものなど、何もないからである。(「序文」Paragraph 43.)

この序文を読めば、ジョンソンにとっておそらくスミスのような書評は、予想される批判にすぎなかったであろうことが見てとれる。

　煮え切らない規範主義こそが、ジョンソンの導き出した解答なのであって、『英語辞典計画書』に記されたジョンソンの熱意と『英語辞典』の序文に記された内容との乖離は、それを示唆するものである。当代の人々の期待を知っていたジョンソンは、辞書編纂過程で言語の実態に向き合うことになる。英語の歴史的変化には一定の勢いがあり、一律に規則で統制できるものではなく、信頼に堪える辞書が単なる規範主義では実現できないことを見抜いた。だからこそ、ジョンソンは作業の途中で「語義の分類を現実の用例から帰納する方法に切り換えた」(永嶋②、249) と推測されるのである。その切り換えは、ことばに徹底して向き合った末の記述主義的態度であった。

　　しかし、まったく同じではないものの、非常に近く結びついているためにしばしば混同されるような意味もある。ほとんどの人々は、ぼんやりと考えているから、正確さをもって話すことができない。そしてその結果、用例の中にはどちらの意味にも無頓着に入れられるものがある。<u>この不確定さは、私が責められるべきことではない。というのもわたしは、英語を形づくる (form) のではなく、記録する (register) 者だから、そして人々がどう考えるべきか教える (teach) のではなく、これまでどのように思考が表現されて来たのかを関連づけて述べる (relate) 者だからである。</u>(「序文」Paragraph 75. 下線は引用者)

ここに、不確定にみえるのは言語の本質であって辞書編纂者のせいではな

く、ジョンソンが英語を形づくる（form）のではなく、記録する（register）こと、そして思考の手段を教える（teach）のではなく、これまでどのように思考が表現されてきたかを関連づけて述べる（relate）ことを自らの役割と位置づけるに至ったことが表明される。

　言語アカデミー思想の唱える理想が幻に過ぎないと看破したのは、ここにおいてである。

　　しかしこの期待とともに、各言語の軌道を保護し、変化しやすいものを守り、侵入者を撃退するために、種々のアカデミーが設立されてきた。しかし彼らの警戒も活動も、これまで徒労であった。音は法で規制するにはあまりにうつろいやすく、まぎらわしい。音節を鎖でしばるのも、風をひもで結わえるのも、等しく自尊心のなそうとする試みであって、その欲望を無理に形にするわけにいかないのである。フランス語は、アカデミーの冠詞のもとで明らかに変化した。…（中略）…また、今日の物書きの表現が、ボッカチオやマキャベリ、カロの表現と比べて、大きくは変わっていないなどと主張するイタリア人はいないだろう。（「序文」Paragraph 85.）

苦心の末に『英語辞典』を上梓したジョンソンにとって、スミスのような批判は、いわば苦労を知らぬ者のたわごとにすぎない。しかしスミスのように、苦労を知らずに規範主義的辞書に過剰な期待を寄せる人は多かったはずである。

　スミスとの比較という意味で、スウィフトが、ジョンソンの『英語辞典』の刊行を待たずに他界したことは、残念でならない。ジョンソンの辞書が、熱烈なる言語アカデミー思想の持ち主スウィフトの期待に応え得たとは到底思えないが、満78歳を迎える少し手前でスウィフトは生涯を終え、その十年後のジョンソンの成功を見る機会には恵まれなかった。

＜ささやかなる修正規範主義宣言＞

　さて、すでに見たように、ジョンソンがその辞書編纂にあたって規範主

義一辺倒から脱却し、記述主義を取り込んだことは、辞典の序文からも明らかである。そしてそのような譲歩が、決定版国語辞典としての地位を勝ち得た大きな要因であることは間違いないであろう。

しかし、例の名詞 'oats' に代表されるさまざまな珍妙な定義については、本当に無視してよいのだろうか。厳密な意味での規範主義を貫く英語辞典であれば、このような定義は許されざるもののはずだ。辞典が権威であるとすれば、細部にわたって信頼のおける説明が必要である。他方、それらの珍妙な定義が記述主義的でないことは明白であろう——ジョンソンの主観であり、ジョークであり、実際の用例をもとにした定義ではないのだから。このように規範主義を否定し、記述主義ですらない珍妙な定義が、その僅少さゆえに、辞書の権威を損なわないかたちで、辞書全体にわたってスパイスのように風味を効かせているその意味はなにか。

すでに述べたように、ジョンソンの『英語辞典』は、編纂段階で計画の変更を重ね、計画段階の構想とは異なるものに仕上がったものである。この「変節」過程を考察すると、ジョンソンは辞書編纂の過程で、辞書とは何かについてつきつめて考えざるを得なかったはずである。辞書の役割とは、すなわち次の（1）・（2）のいずれなのか：

現在および過去の用例から単語の意味・用法を分析し、
（1） それを説明もしくは列挙することで、語義を規定する。
（2） ふさわしくないものを排除し、正しいものを確定させることで、語義を規定する。

（1）の立場を記述主義、（2）の立場を規範主義の立場として、規範主義的な辞書を求めるイギリス国民の欲求にこたえるべく辞書編纂を開始したジョンソンは、規範主義を貫徹したスミス的辞書を目指すことなく、最終的には辞典の利用者にとって裁量の余地が広い辞典を完成させた。

しかし、もしスミス的な辞書を目指せば、究極的には、辞書の権威を利用し、語義の範囲を限定することが可能になる。それがいかに傲慢で滑稽なことであるのかは、実際にやってみせるのが最も効果的である。自分の好きなように定義をつくり、そこにスコットランド観、権力者への反感、自分の苦労に対する愚痴などをどんどん織り交ぜていくのである。辞書の

権威をもってすれば、それが本当にその語の語義になるのだろうか。「珍妙な定義」は、一見すると単なる悪ふざけであるけれども、一種の実験であると考えることもできるし、スミスのような規範主義者に対する揶揄とも解釈できる。そして、規範主義精神を茶化しているかのようなこれらの定義は、まず辞書を言語の支配者すなわち権威と見立て、そしてその権威ある辞書が自身の権威を茶化してみせる、いわばセルフ゠パロディの性格を有しているのである。

そう考えるなら、この種の珍妙な定義は、20世紀に入ってからアメリカでビアスが『悪魔の辞典』で試みたパロディ辞書の先駆とさえ言える。[25] 背後には権威ある辞書の刊行計画に寄せる国民の期待。そして国家的事業に独力で従事する苦労。辞書の持ちうる権威の大きさへの自覚──これらをすべて意識しつつ、辞書編纂という行為が言語という巨大な生き物を意のままに操ろうとする試みに等しいことを見抜いたのが、ジョンソンであった。珍妙な定義は、そうしたジョンソンならではのものであり、機知に富んだジョンソン独自のユーモアで表現すれば、その最高の方法が珍妙な定義となるのである。

言語の実態は、それほどナイーヴな規範主義を受け付けるものでないことを編纂の過程で熟知するようになったジョンソンは、そのことを序文で明記している。それを「修正規範主義の宣言」であるとするならば、辞書本文における珍妙な定義は、「ささやかな修正規範主義の宣言」であると言うことができないだろうか。

＜結論＞

ジョンソンの『英語辞典』には、いくつかの欠陥がある。たとえば典拠とした引用文献を完全に誤解しているケースがあるし（'instilment' の用例は 'distilment' の勘違いであることなど）、綴字については同系列の語であっても一貫していないことがある（'moveable' に対して 'immovable'、'needlesly' に対して 'needlessnes' など）。辞書の根幹である定義についても誤りがあって、たとえば正反対の語を同じように定義した（'windward'「風上へ」と 'leeward'「風下へ」はどちらも 'towards the wind'「風に向かっ

て」と定義された)。また当初、'pastern'「骹,繫」の定義を 'the knee of a horse' としていた（正しくは 'the foot of a horse'）が、その理由をある婦人から尋ねられると、ジョンソンはていねいに弁明すると思いきや、「知りませんでした、奥様、まるで知りませんでした」('Ignorance, Madam, pure ignorance.')と答えて自分の誤りを認めたというエピソードを、ボズウェルは記録している。(Boswell, 152)

　しかしジョンソンが辞書に織り交ぜた「珍妙な定義」は、いわゆる欠陥ではない。もしも、ジョンソンが、規範主義に情熱を燃やしていたならば、「珍妙な定義」の掲載を自粛していたはずである。むしろこの種の定義は、厳格な規範原理主義に対してジョンソンが到達した「修正規範主義」によるものであって、その正式な宣言は「序文」にはっきりと謳われ、それをささやかに、ジョンソン流のユーモアとウィットで表現したものが「珍妙な定義」なのである。

　「珍妙な定義」の数が少ないのは当然のことである。ジョンソンは真摯な態度で辞書の製作に没頭したからだ。しかしそれでも、ジョンソンの辞書といえば珍妙な定義をすぐに連想するほど、人々に喜ばれ、愛され、記憶された。それは、イギリス人にとっての国語辞典が、非現実的でナイーヴな言語観に基づく規範主義に陥ることなく、本格的辞典として完成されたこと、そしてその完成をもたらしたのが他ならぬジョンソン博士であったことの記念碑的な現象である。

　ジョンソンは辞書編纂の際に、現代で言うところの意味論や辞書学の領域を含め、言語学の領域全体について、するどい嗅覚を働かせることのできる人物であった。その上で、規範主義的に権威を押し付けず、編者の主張を最低限にとどめることで使用者に裁量の余地を残し、句動詞に代表される言語の実態を記述的に取り込んで大陸の英語学習者にも配慮をし——ここまでについてはジョンソン観として目新しいものはない——その上で、予想される批判に対しては「珍妙な定義」という、辞書の権威主義への絶妙なパロディでもって、半ば本能的にやり返すだけの力量をもつ、まさにジョンソンは怪物のような人物であった。

　ジョンソンの『英語辞典』にみられる珍妙な定義は、少数しかないという理由で無視してよいものではない。珍妙な定義の存在を無視したまま規範主義・記述主義の議論を重ねることには、偉業をほぼ独力で成し遂げた

ジョンソンという巨人の総体を見ずに論じるナンセンスさがある。何事にも一家言あるジョンソンのことである。子どものいたずらのように辞書に投じられた珍妙な定義であっても、何らかの見識が反映された行為とみてよいだろう。

　初の本格的な辞典作成の試みが、当時の知識階級を代表するだけでなく、これほどにするどい言語感覚を有したジョンソン博士によってなされたということは、英語史上、大きな幸運であった。

注

1　本論で扱うジョンソン『英語辞典』の定義はすべて 1755 年の初版のものとする。
2　名詞 network の、「放送網」の意味は 1914 年が初出とされる。
3　ジョンソンは、平易な語を定義するとそれより難解になってしまう点に苦労した。そのことは、『英語辞典』の序文に記されている。Preface, Paragraph 55 参照。
4　*OED* も、廃語などの定義についてジョンソンの『英語辞典』に負うところが大きいことを、総説で明記している。'General Explanations' —— *The OED,* 2nd ed., vol. 1, p. xxix 参照。
5　何らかの理由で綴字が誤って記載されたのに、ジョンソンの『英語辞典』の権威のゆえに正式な綴りとなって定着をみた例に、despatch（英綴。米綴は dispatch）がある。これは、元来 dispatch という綴りであったのに、ジョンソンの辞書に despatch と掲載された。その結果少なくともイギリス英語では despatch が正式な綴りと考えられ、1820 年頃から despatch の用例が増加した（市河、'Academy' and 'Johnson's Dictionary'）。
6　本節の執筆にあたっては、次の文献を参照した。市河、'Academy' and 'Johnson's Dictionary'; Rogers, 'Dictionary'; 寺澤・川崎、170-335; 中島、36-37; 永嶋①、55-118; 渡部②、260-262。
7　Caxton, *Vocabulary in French and English* (c.1483) および Barclay, *Introductory to Wryte and to Pronounce Frenche* (1521) が初期の仏英語彙集である。そのほか、Palsgrave, *Lesclarcissement de la Langue Francoyse* (1530) にも品詞別の仏英語彙集があり、その収録語彙は一万語以上に達する。
8　英語辞典に限らなければ、英語で 'Dictionary' をタイトルに用いた最初の例は、人文学者で外交官でもあったサー・トマス・エリオット（Sir Thomas Elyot, 1490?-1546）による羅英辞典 *The Dictionary of Syr Thomas Elyot Knyght*（1538）

である。

9 ルネサンス期にイギリスの学者たちが英語表現において好んで使用した古典由来の難語は、16 〜 18 世紀にわたり明快な英語表現を奨励する側によって、「インク壺の単語（inkhorn terms）」という名で揶揄された。渡部②、240-241。この inkhorn terms なる表現の初出は 1543 年。その多くは衒学的に過ぎて英語に定着しなかった。

10 ブリンズレーは著書 Ludus Literarius: or, the Grammar Schoole（1612）で、ラテン語素養を身につけるグラマー・スクールでは英語教育も重視すべきだと説き、1622 年にも、A Consolation for our Grammar Schooles で英語教育の重要性を指摘している。ギルは、Logonomia Anglica（1619）において同様の主張を展開した。ロックの Thoughts on Education（1693）も、英語教育の重要性を指摘する論考である。

11 16 世紀、Sir John Cheke（1514-57）および Sir Thomas Smith（1513-77）らに始まり 18 世紀にかけて各種提唱された綴字改革案とその精緻な検討については、渡部①を参照のこと（渡部①、40-64, 81-113, 202-309）。

12 言語アカデミー思想とは、「母語を純化・洗練してラテン語に劣らぬ文化的言語に育成しようという運動」のこと（永嶋②、247）。イタリアの「クルスカ・アカデミー（Accademia della Crusca, 1582 年設立）」の「クルスカ」とは 'bran'（ふすま）や 'chaff（もみがら）の意で、小麦粉をふるいにかけてそれらを取り除くように、言語から不純物を取り除くというアカデミーの設立趣旨を表すものである。

13 ここに挙げた文人の主張は、それぞれ以下に含まれている。デフォー（Essay upon Projects, 1697）、アディソン（The Spectator 135, 1711）、スウィフト（'A Proposal for Correcting, Improving, and Ascertaining the English Tongue', 1712）。なお、中島によれば、スウィフトのアカデミー設立運動は、政治的な側面もさることながら、狭隘な意味での言語改良運動とだけ捉えるわけにいかないという。むしろ急速な近代化の時代における言語の劣化が、言語によって支えられる文化の荒廃につながり、ひいてはイギリス文明の永続性が損なわれてしまうという愛国的危機感に端を発すると考えられるのである（中島、35-36, 44-45）。

14 しかもジョンソンは、アカデミーによる統制も言語に対して完全には効力を発揮しえず、イギリス人の自由精神になじむものではないと看破した。大陸におけるような、辞書や文法で言語を統制するアカデミーを設立することに反対し

ている。「序文」Paragraph 90 参照。

15　ライバル辞典としてベイリーの辞典がジョンソンの『英語辞典』の販売戦略にどのように影響したかについては永嶋①を参照（永嶋①、30）。

16　ジョンソンがベイリーの *Dictionarium Britannicum*（1730）を基礎に収録語彙を検討したことは、*The Samuel Johnson Encyclopedia, s. v. 'Dictionary'* 参照。ただし、永嶋①によれば、同辞典の第2版（1736）が土台になっており（永嶋①、60）、その詳細な検討については永嶋①を参照（永嶋①、147-219）。

17　百科事典的な英語辞典の成功はアメリカにおいて見られる。その嚆矢は Noah Webster（1758～1843）の英語辞典、すなわち新綴字を採用した *A Compendious Dictionary of the English Language*（1806）、および米国特有の語を含めたアメリカ語辞書として造られた *An American Dictionary of the English Language*（2 vols.）(1828)。日常語以外に専門用語を多数採用し、度量衡一覧なども加えて百科事典的にし、米国の辞書伝統に大きな影響を及ぼした。しかしこれは、「ジョンソンが確立しようとつとめた《辞典》(dictionary) と《事典》(encyclopaedia) の区別を再び混乱させるもので、辞書編纂術 (lexicography) の立場からいえば歴史の流れに逆行したことになる」（永嶋①、37-38）。

18　この "A Short Scheme" は、永嶋①の巻末に附録として再録されていて、参照するのに便利である（永嶋①、265-278）。

19　*The Samuel Johnson Encyclopedia*（s. v. 'Dictionary'）によると、総額1575ポンドという編集料は、今日でいえば10万～15万ポンドに相当するという。

20　ジョンソンにパトロンとしてチェスタフィールド伯が関係するようになった経緯については、永嶋①を参照（永嶋①、120-121）。なお、この 'The Plan of a Dictionary' は、永嶋①の巻末に附録として再録されていて、参照するのに便利である（永嶋①、279-302）。

21　なお、後世の研究者による評価の歴史をも含めた『英語辞典』についての各種の評価は、永嶋①に詳しい（永嶋①、29-54）。

22　難語辞典でない一般的英語辞典における語源への関心は、1702年のJ. K. の辞書にすでに見られるが、本格的に語源欄を設けたのはベイリーの辞典（1721）。ジョンソンの辞書の語源欄は、今日の語源学からみれば不十分なものも多いが、Skinner, *Etymologicon Linguae Anglicanae*（1671）、Junius, *Etymologicum Anglicanum*（1743）など、当時利用できる研究資料から丁寧に取られたものと考えられている。市河、寺澤・川崎を参照。(市河 'Johnson's *Dictionary*'; 寺澤・

川崎、219, 243, 255, 269)。

23 スミスが 'but' と 'humour' の二語を選んだ理由についてはっきりとした言及はない。しかし、機能語（function word）である but と、内容語（content word）である 'humour' を抽出していることは、(書評の完成度は別として) スミスが辞書についての書評を書く決意をするだけの言語学的センスの持ち主であることを示す一面であろう。現在では経済学の祖として記憶されるスミスであるが、古典やイタリア文学から天文学に至るまで、考察の対象の幅広い、まさに啓蒙時代の知識人であった。

24 卑近な例をとって考えれば、たとえば形容詞の最上級で表現される内容をそのまま最上級で表現すると、場合によっては陳腐に響く（例：I love you most.）。そこで、それに近い意味のことを、比較級や原級を用いた構文で表わすようになる(例: No one else could ever love you better than I do.)。逆に、そのような凝った文体が溢れてくると、こんどはシンプルな最上級表現が新鮮味を帯びて、強い意味になることもある。つまり、意味の強さは広い意味での文脈によっても決定され、文法的側面のみによって決定されるわけではない。

25 そもそもビアスの『悪魔の辞典』は、ノア・ウェブスターの英語辞典にある 'vicegerent' の定義がヒントになったとされる。ウェブスターは、'vicegerent' について、'Kings are sometimes called God's vicegerents. It is to be wished they would always deserve the appellation.'「国王は時として神の代理人と称される。その称号に常に値する存在であればよいであろうが」のように記している。

[参考文献]

Boswell, James. *The Life of Samuel Johnson, LL.D.* Reprint: Wordsworth Classics of World Literature. London: Wordsworth Editions, 1999.

Johnson, Samuel. *A Dictionary of the English Language.* 2 vols. Reprint: Anglistica & Americana 1 (A Series of Reprints Selected by Bernhard Fabian, Edgar Mertner, Karl Schneider, and Marvin Spevack). Hildesheim: Georg Olms Verlagsbuchhandlung, 1968.

Leonard, Sterling Andrus. 1921. *The Doctrine of Correctness in English Usage 1700 – 1800.* New York: Russell & Russell, 1962.

Lynch, Jack and Anne McDermott eds. *Anniversary Essays on Johnson's 'Dictionary'.* Cambridge: Cambridge University Press, 2005.

Rogers, Pat. *The Samuel Johnson Encyclopedia.* London: Greenwood Press, 1996.

Smith, Adam. 1755. 'Review of Johnson's Dictionary.' W. P. D. Wightman, J. C. Bryce, and I. S. Ross eds. *Adam Smith: Essays on Philosophical Subjects.* Oxford: Oxford University Press, 1980. 232–241.

Swift, Jonathan. 1712. *A Proposal for Correcting, Improving and Ascertaining the English Tongue.* Herbert Davis ed. *The Prose Writings of Jonathan Swift.* Vol. 4 Oxford: Blackwell, 1957.

市河三喜編『研究社英語学辞典』 増補版、1940; 研究社、1953 年。

大森裕實 「英語学者ジョンソンの言語観」江藤秀一・芝垣茂・諏訪部仁編、『英国文化の巨人サミュエル・ジョンソン』 港の人、2009 年、261-275。

寺澤芳雄、川崎潔編『英語史総合年表――英語史・英語学史・英米文学史・外面史』研究社、1993 年。

中島渉、「ジョナサン・スウィフトの英語改革案が持つ文化的意図」『上智英語文学研究』第 26 号（2001）、35-46。

永嶋大典 『ジョンソンの『英語辞典』』 大修館書店、1983 年。(永嶋①)

―――「『英語辞典』」　江藤秀一・芝垣茂・諏訪部仁編、『英国文化の巨人サミュエル・ジョンソン』港の人、2009 年、243-260。(永嶋②)

渡部昇一 『英語学史』 大修館書店、1975 年。(渡部①)

―――『英語の歴史』 大修館書店、1983 年。(渡部②)

第 7 章

ジョンソンとシェイクスピア

杉木　良明

<はじめに>

　フロイトではないが、自由連想をしてみると、「サミュエル・ジョンソン ── 18 世紀 ── 古典主義 ── 三一致の法則」、という流れがパッと思い浮かぶ。18 世紀末になれば、ロマン派の嚆矢たるワーズワースとコールリッジの共著が出版されるのだが、ジョンソンの活躍した世紀半ば（長生きのジョンソンが亡くなるのが 1784 年だとしても）は、まだ古典主義の時代のような印象があって、アリストテレスに端を発すると称する「三一致の法則」が古典主義の演劇観を支配していたからだ。この法則に従えば、劇中の時と所は，ある一定の範囲を超えて飛躍してはいけないし、筋の統一もはからなければならない。だから、シェイクスピアがこの法則をまったく無視した点についてジョンソンが弁護しているのを聞くと、いささか意外に思えるむきもあるかもしれない。

　だが、ジョンソンには、実は、ロマンティックな性向がある。それは、たとえば、『英米文学辞典』の「ジョンソン」の項目にある簡潔な記述の中にも「Shakespeare のロマン的偉大さを認めている」、「都会生活を好んだ彼にも、どこかロマン的なものに対する感じがあった」など、「ロマン的」という言葉が 2 回も使われているところに、表れているかもしれない。

　本論では、王政復古から 18 世紀にかけての 100 数十年間に、シェイクスピアがどのように受容されたかを概観した上で、ジョンソンを文学的趣味の転換点として位置付けてみたい。すなわち、文学を生業とする際に、古典主義の洗礼を受けていたにしても、すでに持ち合わせていたロマン

派的性向が表出するときがあったのではないか、ということが分かれば、三一致の法則にたいする彼の態度も頷けるというものであろう。

＜シェイクスピアの改作＞

　シェイクスピアがもし本当に「偉大」であるとするならば、そのひとつは、存命中から現在に至るまで、400年以上にわたって、受容され続けているところにあるのではなかろうか。存命中は不遇で死後大分経ってから「発掘」される作家もいる。逆に存命中には赫々たる名声を博しながらもやがて忘れられてしまう作家もいる。17世紀の半ば、清教徒たちが実権を握っていた20年足らずの間は、シェイクスピアの「グローブ座」も含めて、劇場は破壊されてしまったから、「不遇の時代」と言ってもよいのかもしれないが、これを除けば、コンスタントに受容されてきたように思われる。[1]

　シェイクスピアの生きた時代、現代流の著作権が確立されていたわけでもないから、劇団は自らの財産である台本を守るべく、その出版には踏み切らなかった。ただ、読み物としての需要もあったので、シェイクスピアの劇は、四つ折本の形で、次々と「海賊」出版された。「公式」の出版は、1623年、シェイクスピアの死後7年経ってから、劇団仲間のヘミングとコンデルが編集した全集、いわゆる第一・二つ折本まで待たなければならなかった。

　ここで途切れてしまっていたならばシェイクスピアもただの人である。「偉大」なのは、その後も版を重ねたことだ。1632年に第二・二つ折本、1663年、王政復古からまだ間もない頃には、第三・二つ折本、そして、1685年には第四・二つ折本が出版される。

　だがしかし、演劇史的に考えると清教徒時代の空白は大きく、「ビフォー」と「アフター」では、演劇の趣味が大いに異なってしまった。王政復古後いくつかの劇場が官許されたが、「グローブ座」や「ローズ座」のように民衆がこぞって集まるような場所ではなく、むしろ「ブラックフライアーズ座」に似て、「お上品な」お客を対象としていた。いわゆる王政復古期には、「よくできた喜劇」が好まれたのである。だから、エネルギーの塊のようでいて奔放なシェイクスピアの劇は、そのまま上演されることはむ

しろ稀であった。文学的には古典主義の時代、三一致の法則や詩的正義が重んじられた時代、様々な改作が登場した。

　少し脇道に逸れるかもしれないが、ここで、「古典主義」について、簡単に説明しておこう。「古典主義」の概念は文学だけにとどまらず他の芸術分野でも使われる概念だが、少なくとも英文学の場合、概ね、「理性を尊重し、規則・調和を重んじる」傾向のことをいい、時代的には17世紀後半から18世紀半ば過ぎまで支配的だった潮流のことだ。そのようななか「三一致の法則」や「詩的正義」に適うかどうかが作品の善し悪しを判断する基準と考えられるようになるのだが、これら2点についてはまた後に触れることにしたい。

　ドライデンがシェイクスピアの『アントニーとクレオパトラ』を翻案して、『すべて愛のために、あるいは世界を失うもよし』を書いたのもこのような時代だったからであるが、なんといってもこの時期のシェイクスピア劇改作で、もっとも言及されることが多いのは、ネイアム・テイトの『リア王』である。普通、我々は「心美しき」コーデリアの亡きがらをリアが抱えて登場する場面に涙し、そのリアまでが亡くなるのを知ってさらに悲嘆にくれるのだが、テイトの改作は、なんとハッピー・エンドで幕を閉じるのである。リアも死ななければコーデリアも死なないばかりでなく、このヒロインは最後にエドガーと結婚することになる。1681年のテイト版は、その後実に、18世紀を通じて人気を博し、この間シェイクスピアのオリジナルが、顧みられることは、少なくとも劇場においてはなかった。

　ジョンソンが『リア王』の結末について述べていることはあまりに有名だが、ここに引用し今一度確認しておこう。自らが編集した『シェイクスピア作品集』、『リア王』に付した「注釈」の中に、こうある。「もう何年も前になるが、私はコーデリアが死ぬ場面に、大きなショックを受けた。だから、『リア王』の最後の数場面に耐えられるか自信がなかったので、再び読むことはしなかった。だが、ついに今回編者として、これらの場面も校訂することになったのである」(Johnson, 704)。[2] もちろん、「悲しすぎて読んでは（観ては）おれん」というところもあったのかもしれないが、「詩的正義」に基づいていたということも指摘しておきたい。すなわち、「詩」においては、「正義」が全うされるべきであって、「無垢」（＝コーデリア）が滅んではいけないのである。作品集の「序文」ではこの点について、次

のように述べている。「…［シェイクスピア］は、善と悪とを正当に按分していない。いつも気を配って、有徳のものが邪悪なものを拒絶する姿を描くのかといえば、必ずしもそうではない。…こうした過ちを、時代が野蛮だったからだといって、情状酌量するべきではない。というのは、世の中を良くする義務が、常に作家には課せられており、正義は、時代や場所によって変わることのない普遍的な美徳だからだ」(Johnson, 71)。

<古典主義と三一致の法則>

　ドライデンからポープへかけての時代を、ジョンソンなどは後に振り返って「アウグストゥス時代の再来たる黄金期」などと称している。(斎藤、223-224) ローマ帝国繁栄の礎のひとり、アウグストゥス・カエサルの時代に準えたのだ。ただ、この呼称に、単なる文化的な色彩だけでなく、ナショナリズムそのものが読み取れるとしたらどうだろうか。
　この時代の特質については、実に要領を得た記述があるので、引用してみよう。

> 1694年 Bank of England の設立後、1720年の South Sea Bubble のような panic があったにせよ、イギリス人の生活は安定を得るようになった。Gibraltar で Spain を、また Blenheim でフランスを破り、その後フランスから Canada に厖大な植民地を獲得し、かつ1757年 Indian Empire の基礎を据え、また Seven Years' War (1756-63) に勝つなど、Victoria 朝の強大はここに根ざしている。(斎藤、224)

まさにイングランド（スコットランド併合後はブリテンと呼ぶべきか）が、世界に冠たる国家として歩み出していた頃である。文学的・文化的思潮もこの潮流に逆らうことができなかったように見える。
　世界に冠たる国家には、世界に冠たる言語があり、そして世界に冠たる文学が存在する、という図式になるのかもしれない。後にジョンソンも寄与することになるのだが、規範文法の成立と本格的辞書の出版は、「きちっと」した国語の存在を証明するためでもあったのだろう。

文学も当然、「きちっと」した文学でなくてはならない。そこで、担ぎ出されたのがアリストテレスである。

> フランスで盛んに唱えられた Aristotle 詩学の宣伝者である René Rapin（…1621-87）や René Le Bossu（1631-70）などの影響によって、前者の *Réflexion sur la Poétique d'Aristote* を出版年（1674）に英訳した Thomas Rymer（1641-1713）や、当代大文学批評を創始した John Dennis などが Aristotle をかつぎあげ、そして 1680 年行以降の青年詩人は一様にその説を奉ずるという有様であった。（斎藤、226）

ドライデンは、『劇詩論』で、三一致の法則を擁護する（この時代の三一致の法則がどれほど忠実にアリストテレスに従っているかは別にしても）。ドライデンのこの書は、4 人が談論する形式で進められるのだが、フランス古典主義を代表すると思われるリジディーアスは、こう述べる。「三一致の法則をもっともよく守っているのは、どこの国民よりもフランス人だ。時の一致についていうと、あまりに徹底的に守ろうとするので、［劇中の時間を］24 時間以内に抑えるよりも、むしろ 12 時間以内に抑えるべきかどうかという議論が、今でも詩人たちの間でされている。「場所」の一致も同様にまったく徹底している。劇中の出来事はひとつの街の外へ出てはならない。筋の一致は、さらに顕著な特徴だ。イングランドの劇と違って副筋を設けるようなことはしない。（抄訳）」（Dryden, 34）ドライデン自身の意見を体現していると考えられるニアンダーは、さらに議論が進んだところで、まずはリジディーアスの意見を認めるのである。（Dryden, 44）だから、先にも触れた『アントニーとクレオパトラ』を改作して『すべて愛のために』を書いた時、ドライデンは、当時の「趣味」（もしくは例の法則）に合致するものに仕立て上げたのだ。この点について、アーデン版（第 3 シリーズ）の編者ジョン・ワイルダーズは次のようにまとめている。ドライデンは「台詞を、より簡潔で明快かつ上品な言葉で書き換えたのである。ドライデンが改作した悲劇は、主人公たちの人生の最後の一日だけに時間を絞り、場所もアレクサンドリアの外には出ない」（Wilders, 13）。だがしかし、「アウグストゥス時代の再来たる黄金期」という言葉がナショナリズムと何らかの関係があるかのように、三一致の法則を意識し

つつも、フランス文学に対するイギリス文学の優位性を説くことを忘れなかったことは、無視できない事実である。「第一に、我々イングランドには、フランス人が書いたどの芝居にも引けを取らないほど法則に適った劇がたくさんある。その上、こうした劇にはより多様な筋と登場人物がある。そして第二に、シェイクスピアやフレッチャーが書いた法則に適わないような劇でも(ベン・ジョンソンの劇は概ね法則に適っている)、ほとんどの場合その著述には、フランス人が書いたどんな劇にもまして、雄々しい創造力と偉大な精神が宿っているのだ」(Dryden, 54)。

＜18世紀とシェイクスピア全集の出版＞

　18世紀のシェイクスピア受容のもうひとつの特徴は、多くの編者が、全集の出版に取り組んだことである。学問的なシェイクスピアの校訂本出版が確立していった時代と言えるだろう。第一・二つ折本の出版後、17世紀中に3種類の二つ折本が出版されたことについてはすでに触れたが、これらは「再版」のようなものであった。

　シェイクスピアの評伝をつけ、校訂を行った版として最初に出版されたのが、ニコラス・ロウのもので、1709年に出版された。「ロウ版は、現代的な意味で編集された最初の版である」と評価されてしかるべきものだろう。(Smith, 31) 次いで1725年、アレグザンダー・ポープが編集した版が出版される。ただ、ポウプは時代の趣味に合わせて、あるいはそのような時代に生きた自分の趣味に合わせて、好き放題に「改定」した。

　こうした「改定」をルイス・ティボルドが批判するのだが、そこは毒舌家で知られたポープのこと、『ダンシアッド』で逆にティボルドをやり込める。(Pope, Book 1, ll.105 ff.) そのティボルド版は、1733年に出版された。その後、ハンマー版(1743-4)、ウォーバートン版(1747)が次々と出版され、ジョンソン版がようやく出されたのは、1765年のことであった。わずか半世紀の間、これだけの版が出版されたにもかかわらず、なぜ敢えてジョンソンは新たな版を出版する決意に至ったか。もちろん、文名を高めたいという野心もあったろう。自分の版がもっともすぐれているはずだという自負は、1756年に公にした「企画書」に、次の一節となってあらわれる。「先

達の批評家たちはすべて、テクストの修正［下品な表現や文法的誤りを正すということ：筆者］にもっぱらやっきになっていたので、偶然や時が経ったために不明となってしまった文章や語句の解明に十分な注意を払ってこなかった。…ロウ氏やポープ氏は、昔の英文学についてあまりに無知である。ウォーバートン博士はより重要な研究に時間を取られている。ティボルド氏は、…学問をただ儲けの道具にしか考えていなかった…」(Johnson, 56)。

シェイクスピアのテクストについて、ポープやウォーバートンに対して不満があったのは確かであろう。そこには、現代的な視点から見れば、「文学者」としての良心もあったのではないか。「企画書」で、ジョンソンはこう述べている。「作者が最終決着を付けられずにいたのではないかと思われる表現で、長らく気まぐれや無知に翻弄されてしまったような箇所にいささかの手を加えることは、認めてもよいだろう。だが、オックスフォード版のように、注も付けずに勝手に変えるなど、もっての他だ。あるいはまた、根拠のない気まぐれな推測で不必要な改訂をどんどんと施すことも、あってはならない」(Johnson, 55)。ここでジョンソンが「オックスフォード版」と言っているのは、ハンマー版のことであるが、ジョンソンのテクストの扱い方について20世紀初頭の碩学ウォルター・ローリーは、こう述べている。「テクスト校訂についてジョンソンがした仕事の良い点を挙げれば、ポープとウォーバートンがまことしやかな推測で校訂した部分を、元々の読みに戻したことである」(Raleigh, xxiv-xxv)。ジョンソン自身が、「…［ポープ］は気に食わないものはなんでも拒絶した」(Johnson, 94)といっているのは興味深い。文法的な間違いや下品な内容には、「野蛮な」時代の産物というレッテルを張って拒絶するのだ。

規範文法の成立が、世界に冠たる国家には、世界に冠たる言語があるべき、という考えの反映ではないか、と先ほど少し触れておいた。ポープは、シェイクスピアの英語を「直した」のである。「［ポープ］は自分が間違っていると判断した言葉を直した。エリザベス時代の英語の専門家でもなければ、二重比較級や二重最上級が誤りではなかったことなど知らなかったのに、直したのである。だから、ポウプの校訂はこんな具合だ。たとえば、'more fitter' を 'more fitting' に、'more corrupter' を 'far corrupter' に、'This was the most unkindest' を 'This, this was the unkindest' に」(Smith, 35)。

それを、ジョンソンは元通りに戻したのである。原文の持つ力こそが重要であるという判断だ。「序文」の終わり近くで、ジョンソンはこう述べている。「別の言葉の方がエレガントで分かりやすいという理由だけで放逐されてしまった言葉もある。このように改悪された箇所についていうと、特に断ることなく元に戻した場合も多い。作者が書いたままのテクストを、不純物がないように守ることによってのみ、英語の歴史と英語の言葉が持つ真の力を保存することができるからだ」(Johnson, 105)。「推論による校訂は、時に必要な場合もあるけれど、みだりに使うことは避けてきた。古い版の読みがおそらく正しいという原則を、これまで決まって掲げてきた。従って、エレガントになるから、分かりやすくなるから、あるいは単に意味の改善に資するからなどという理由で、変えるべきものではない」(Johnson, 106)。

シェイクスピアを「元に戻す」作業を終え、「企画書」から10年近く経ってジョンソンがようやく作品集の出版にこぎつけたのは、1765年。ロウ以降、数々の文学人を惹きつけ全集を編集せしめたシェイクスピアが、「国民詩人化」されていったことを象徴する際立った出来事が起こったのもこのころであった。[3] ひとつは、ウェストミンスター寺院の「ポエッツ・コーナー」にシェイクスピアの像が建立されたこと。そしてもう一つは、ギャリックがシェイクスピアの故郷ストラトフォードで開いた「シェイクスピア・ジュビリー」である。ギャリックは言わずと知れた当時の名優、ジョンソンのサークルにいた人物としても記憶されている。

＜ジョンソンと三一致の法則＞

古典派的演劇観の根幹を成すと考えられる三一致の法則。ドライデンがこの法則を守って『アントニーとクレオパトラ』を改作したことについては、既に触れた。ジョンソンは1709年生まれ、1730年代には文筆活動に入っているが、青春時代、あるいは修行時代といってもいいかもしれないが、若いころ、全盛だった古典主義のうねりの中にいたはずである。そのジョンソンは、この法則を否定する。シェイクスピアがこの法則に関心を示さなかったことを指摘したうえで (Johnson, 75)、「筋の統一を除いて、

物語の組み立てに本質的なものは何もない。時と場所の一致は、明らかに誤った前提に由来し、劇の範囲を制限することは、多様性を減らすことになる。だから、シェイクスピアが三一致の法則を知らなかった、あるいは守らなかったからといって、嘆くべきことだとは思わない」(Johnson, 79)と述べるのだ。

　時空を自在に駆け巡るシェイクスピアの作劇術を認めている点では、ジョンソンをロマン派の先駆けであるかのごとく考えたくはなる。だが、もちろん、彼を後のコールリッジらと同一視するには無理がある。G. F. パーカーは、ジョンソンとロマン派のもっとも大きな違いは、ジョンソンがシェイクスピアのことを、「不注意でむらがあって」、間違いの少なくない作家であって、「こうした欠点が美点を覆い隠してしまうのに十分なほど沢山ある」と考えていた点だ、と指摘する (Parker, 126)。同じ欠点でも、ロマン派の場合は、書き方が対照的だ。たとえばハズリット。「シェイクスピアの欠陥は、これまで指摘されてきたほど、多くもなければ大きなものでもない。あるとすれば、その原因は次の通りだ。まず、シェイクスピアの広範囲にわたる才能は、ひとつひとつの作品に押し込めるには不向きだったのである。そして、自分の資質があまりに多様なため、シェイクスピアは時として的をはずし、それぞれの資質を最も効果的な目的に適用することができなくなるのだとも考えられる。シェイクスピアは、アイスキュロスとアリストパネスの力を、ダンテとラブレーの力を、自分一人の知性に併せ持っていたといえるのではないか」(Hazlitt, 55-56) ジョンソンは、シェイクスピアを神格化し崇拝することをあえて避けようとはした。シェイクスピアの欠点と美点について、「嫉妬深い悪意も、盲目的な崇敬の念ももたずに」示そうというのだ (Johnson, 71)。

　それでも、やはり、ジョンソンに、やがてロマン派が育っていく揺籃のような何かを感じ取ってしまうのは、深読みのし過ぎだろうか。

　「企画書」を書く10年も前に、すでに後に全集の編集でやろうとしたことを、部分的に試みている。「『マクベス』に関するいくつかの論考」だ。ここで取り上げられている作品が『マクベス』だというのは示唆的ではないだろうか。悲劇の中でも、「悪漢」が主人公になっている作品。ピカレスク的な作品としては、すでに『モル・フランダース』があるけれど、やはり本格的なものとしては、18世紀半ば、トバイアス・スモレットの『ロ

デリック・ランダム』や『ペレグリン・ピックル』まで待たなければならない。「悪漢」に惹かれる心性というのは、やはり世紀後半のロマン派に向かう潮流の胎動と考えられるのではなかろうか。公言はしないけれど、実はジョンソンは、「悪漢」の行動にわくわくときめく心性を密かに抱えていたのではあるまいか。さらにまた、『マクベス』に登場する3人の魔女は、超自然の存在として際立っている。のっけの登場場面を見れば、このことは明らかであろう。この小論でジョンソンは、魔術が劇で重要な役割を演じることについて、17世紀初頭という時代の後進性と結び付けてシェイクスピアを弁護する。「ある作家の能力と美点をただしく評価するためには、その作家の時代の精神と同時代の人々の意見をよく調べる必要が常にある。現在、悲劇の筋全体を魔術に依存させ、超自然的な登場人物の助けを借りて主な出来事を生み出そうとしようものなら、その詩人は、現実に起こりえる範囲を超えていると非難され、劇場から追放されて子ども部屋行きとなり、悲劇ではなく妖精物語でも書くべしとの宣告を受けるだろう。だがこの劇［『マクベス』］が書かれた時代に広まっていた考え方を調べてみれば、シェイクスピアがそのような危険に曝されることなどなかったことが分かるだろう。というのは、シェイクスピアは、当時遍く認められていたシステムをこうした都合に仕向けただけであって、観客の信じやすさに過度の負担をかけたわけでは決してないのだから」(Johnson, 3)。超自然的な要素を中心に据えるなど、シェイクスピアが自分と同時代の作家だったら非難されるだろう、という主張だ。古典主義的な何かに囚われて、このような弁明をせざるを得なかったジョンソンだが、実は、ここでもやはり、密かに、魔女や超自然といった、後のゴシック小説などにつながるロマンティックな要素に喜びを見出していたのではなからろうか。

＜古典主義からロマン派へ＞

　王政復古以来、18世紀は古典主義の時代であったというイメージを抱きやすい。だが、冷静に考えてみれば、なるほど確かに前半はそうだったかもしれないが、後半はロマン派の時代に確実に向かっていることがわかる。

> 第18世紀は、世相も大体一貫したものであり、そして文学について大まかに見ればClassicism盛衰の時代である。故にこれを一つの時期即ち一つの章において説明すべき時期と見ても差支えない。けれどもこの100年間がClassicism全盛の時代であったのではない。前半50年間はその全盛期であるが、後半はその衰頽期で、新しい傾向即ちRomanticismの黎明がきざしかけた時である。（斎藤、262）

という要約はまさに的を射たものと言えるかもしれない。そしてジョンソンについていえば、次のようになる。

> 第18世紀全体において最も偉大な文豪は、Samuel Johnsonであるが、その文筆生活は1730年代から約45年間に及んでいる。従って彼は前半と後半との両側に跨がっており、その考え方はClassicismに基づいているけれども、その胸底には、法則に束縛されずに想像の翼を自由に延ばそうとする人性本来の要求があった。それにも拘らず、この文豪ですら因襲の力から脱出することができなかった。（斎藤、263）

ジョンソンは時代の転換期にいたのである。

では、「古典主義の因習」にとらわれながらも、ジョンソンをしてロマン派風の趣味に向けたのは何だったのか。当然時代の潮流はある。

18世紀半ば、文学史的に見ても、イングランドにはロマン派へ向けた胎動がすでに見られる。（斎藤、281, 284-286）たとえば、ホレス・ウォルポール。ゴシック趣味に全霊を捧げたかのような面があり、みずから、ゴシック風のヴィラを建設するとともに、いわゆるゴシック小説の嚆矢『オトラント城奇譚』を発表した。このような作品の傾向は、世紀末のアン・ラドクリフの『ユードルフォの謎』やマシュー・グレゴリー・ルイスの『マンク』へと繋がっていく。翻訳の解説として寄せた文章で、富山太佳夫氏は、「…最初に、形式的調和を超えた巨怪なものに崇高という名の価値を与えたのは、エドマンド・バークその人で、彼の『崇高と美の観念の起源に関する哲学的探究』（一七五七）がゴシック小説の思想的要約であったことは一般に認められた事実である」（富山、320-321）。興味深いのは、エドマンド・

バークが、ギャリックやゴールドスミスともども、ジョンソンの文学サークルにいたことである。ボズウェルによれば、ジョンソンはバークを絶賛したという。「崇高と美に関するバークの論文には、真の批評の模範がある」。(Boswell, 415) これは、ボズウェルが記録するジョンソンの言葉だ。

　18世紀半ば、イタリアにはピラネージがいた。ゴシック趣味に対する影響は無視できないだろう。大陸にいわゆる「グランド・ツアー」に出かけたものも多い。そんな中に「墓畔の哀歌」で有名なトマス・グレイがいる。あるいはまた中世・ゴシック趣味の詩人に、マクファーソンを入れてもいいかもしれない。自らは詩人ではないが、この系列に加えてよい人物として、パーシー主教を挙げてもいいだろう。古謡を集めたもので、『イギリス古謡集』を刊行した。バーク同様、見逃せないのはジョンソンとの繋がりである。どうやらジョンソンは、この詩集にも何らかの関わりがあったようである。「同じ年［1756］ジョンソンはシェイクスピア作品集の企画書を出した。この企画に1765まで携わることになる。同様に親密に関わったのがトマス・パーシーの重要なプロジェクトであった『イギリス古謡集』である。1751年、すでにパーシーはロマンスやバラッドが数多く転写された17世紀のフォリオ判の手稿を発見していた。その11月、シェンストンに宛てた手紙の中でパーシーは、『ジョンソン氏は、私の持っていたその手稿を見ると、それを出版したいと思ったようだ』と書いている」(Henson, 82)。

　ロマン派の盛隆や19世紀の中世趣味は、しばしば産業革命の進展とかかわりがあると説明される。「進歩・工業化」に対する反動である。産業革命がすでに18世紀の半ばには始まっていたのだとするならば、ロマン派の傾向が同じようにこのころ胎動するのも不思議ではない。

　ジョンソンのロマン派的資質は、すでに見たように、バークやパーシーとの交わりにも表れているのだが、ヘンソンは、そもそもジョンソンは、「騎士道ロマンス中毒」であったと断言する (Henson, 19)。そして、ボズウェルが記録するパーシーの言葉を紹介するのだ。

　　ドロモア司教のパーシー博士は、長い間彼［ジョンソン］と親密なつ
　　きあいをしてきた。だからジョンソンに関わるいくつかの逸話を記憶
　　している…パーシー博士が私に教えてくれたところによれば、ジョン

ソンは子どものころ騎士道ロマンスを読むことが度外れて好きであり、その好みは生涯変わらなかった。(Boswell, 36)

＜おわりに＞

さて、ジョンソン後のシェイクスピアである。校訂者としてジョンソンの後を継いだのは、スティーヴンズだ。けれども、18世紀を締めくくる最大の業績として挙げるべきはマローンであろう。(マローンとスティーヴンズは喧嘩した) そして19世紀、ロマン派の批評である。ここに至ってついにシェイクスピアは神格化されたかのようである。たとえばラム。あまりに偉大な台詞は上演不能であると言わんばかりだ。20世紀を経て、シェイクスピアの劇は様々な角度から批評され、またすぐれて実験的な上演も多々あった。それでも、まだ、どこかに脱神話化されていな部分が残っているような気がする。ラムの言葉は次の通りだ。「… 他のどんな劇作家とくらべても、シェイクスピアの劇は、舞台上演用に仕組まれてはいないと思えてしかがたない。その理由は、シェイクスピア劇の抜群の素晴らしさにある。劇にはとても多くのものが込められていて、だから演技の領域には当てはまらないのだ」(Bate, 113-114)。だが、もしジョンソンが同じようなことを言っていたとしたらどうだろうか。

　　シェイクスピア劇の多くは、演じられるとその分だけ悪くなる。『マクベス』が良い例だ。(Boswell, 416)[4]

注
1　シェイクスピアの受容の歴史については、安西に要領よく纏められている。もちろん、18世紀の記述についても分かりやすい。
2　本論ではすべて拙訳を試みたが、既訳がある場合、先達の業績を参考にさせていただいた。既訳については、参考文献一覧に記載してある。
3　シェイクスピアが 'National Poet' になっていく過程については、ドブソンに詳しい。
4　この点については、また、ローリー参照 (Raleigh, p.xxvii)。

[参考文献]

Bate, Jonathan ed. *The Romantics on Shakespeare*. 1992; London: Penguin Classics, 1997.

Boswell, James. *Life of Johnson*. Oxford Standard Authors. New Edition. London: Oxford University Press, 1953.

Dobson, Michael. *The Making of the National Poet*. Oxford: Clarendon Press, 1992.

Dryden, John. *The Works of John Dryden*. Vol.17. Samuel Holt Monk ed. Berkeley: University of California Press, 1971. 小津次郎訳注 『劇詩論』英米文芸論双書2、研究社、1973年。

Hazlitt, William. *The Complete Works of William Hazlitt*. Vol.5. P.P. Howe ed. 1930; NY: AMS Press, 1967. 川地美子編訳『古典的シェイクスピア論叢』みすず書房、1994年。

Henson, Eithne. *"The Fictions of Rmantick Chivalry" — Samuel Johnson and Romance*. London: Associated University Press, 1992.

Johnson, Samuel. *The Yale Edition of the Works of Samuel Johnson*. Vols.7-8. Arthur Shapiro ed. New Haven: Yale University Press, 1968. 吉田健一訳『シェイクスピア論』創樹社、1975年。中川誠訳 『シェイクスピア序説』荒竹出版、1978年。

Parker, G. F. *Johnson's Shakespeare*. Oxford: Clarendon Press, 1989.

Pope, Alexander Pope. *Dunciad. The Twickenham Edition of the Poems of Alexander Pope*. Vol.5. 3rd ed. James Sutherland ed. London: Routledge, 1963. 中川忠訳 『愚物物語』あぽろん社、1989年。

Raleigh, Walter. 'Introduction' to *Johnson on Shakespeare*. Humphrey Milford: Oxford University Press, 1908.

Smith, David Nichol. *Shakespeare in the Eighteenth Century*. Oxford: Clarendon Press, 1928.

Wilders, John ed. *Antony and Cleopatra*. The Arden Shakespeare. 3rd series. London: Routledge, 1995.

安西徹雄『シェイクスピア劇四〇〇年』NHKブックス、日本放送出版協会、1985年。

斎藤勇『イギリス文学史』改定増補第五版、研究社出版、1974年。

富山太佳夫「M・G・ルイス－ジャマイカへの道」、マシュー・グレゴリー・ルイス『マンク』下、井上一夫訳、国書刊行会、1976年。

西川正身・平井正穂編『英米文学辞典』第三版、研究社出版、1985年。

第8章

『イギリス詩人伝』

スコットランドとの戦い

小林　章夫

＜『イギリス詩人伝』刊行への道のり＞

　サミュエル・ジョンソン晩年の著作『イギリス詩人伝』が今日残された形になるには、いくつかの紆余曲折があった。まずそれを簡単に辿っておこう。
　1767年2月、ときの国王ジョージ3世はジョンソンと会談し、イギリスを代表する文学者の伝記執筆を勧めた。農業に強い関心を持ち、自らを「ファーマー・キング」と呼んだジョージ3世だが、同時に彼はイギリスの国威発揚のために優れた文人の履歴を述べた作品の出版を望んでいたのである。そしてこの希望を受けて、ジョンソンも執筆に乗り気となった。
　しかしこの計画が実現の方向に向かうには、それから10年の歳月が必要だった。すなわち、1777年3月29日、ロンドンの有力な書籍商42人、印刷業者6人が集まり、出版予定の『イギリス詩人作品集』に取り上げる詩人たちのまえがきとして、それぞれの人物の小伝及び、主だった作品の解説をジョンソンに依頼したのである。まもなく68歳となるジョンソンは、この依頼を受けて執筆を「丁重に」承諾した。ジェイムズ・ボズウェルの『サミュエル・ジョンソン伝』には、ジョンソンは「この申し出に大喜びしていたようだ」とある。
　だが、ジョンソンがこの小伝執筆に取りかかるには、そのあと半年以上の月日が必要だった。というのも、そもそも書籍商たちが計画している『イギリス詩人作品集』に、いったいどのような詩人を取り上げるかの選択

が問題となる。ジョンソンは書籍商が提示する詩人の選択に関しては、自分は関知しないと考えていた。しかし書籍商側にとっては、それで済む話ではない。すでに文壇の著名人となっているジョンソンの名前にあやかって作品集を出そうと考えているのだから、ジョンソンの意向をある程度反映しなければならない。いやそれよりも、小伝を書いてもらう以上、その執筆者の意向は何よりも重要になる。またこの選択に関しては、版権の問題などで作品集に取り入れられない詩人もいた。すなわち、チャールズ・チャーチルやオリヴァー・ゴールドスミスなどである。

しかし執筆にかかるまでに半年の月日が流れたのには、こうしたいわば「外的な」問題だけでなく、小伝執筆を依頼されたジョンソン自身の「内的な」問題も影響していた。年齢から来る体力的、精神的衰えもある。また若いときから自らの怠惰を嫌ってきたジョンソンは、仕事を怠けることにほとんど病的なほどの嫌悪感を抱いていたが、それが嵩じて精神的に追いつめられたような気分になる。それは最愛の妻を1752年に失ったのち、さらに強いものとなっていた。

だがそれ以上に大きな問題は、作品集のまえがきとしての「小伝」執筆に関して、ジョンソンがある種のこだわりを持ち始めたことだ。つまり、作品集に入れられた詩人に関して、彼らの業績を喧伝するだけの短い伝記を書くだけでは、自らの仕事として誇るに足るかとの気持ちがあったからである。もし伝記を書くのならば、たとえそれが小伝であったとしても、詩人の生涯と人となりをきちんと伝え、主な作品に関しても適切な判断を示さなければならない。それが、ある意味では「功成り名を遂げた」自分の仕事だと考えたに違いない。

結局、こうしたジョンソンの気持ちが影響して、小伝の執筆にかかったのは1777年10月初旬にまでずれ込んだ。そしてこれが完成したのは1781年3月。つまり、3年半ほどの歳月がかかったのである。

しかしこの間に、当初の計画とは異なる結果が生まれたことも述べておかなければならない。第1に、ジョンソンのこだわりが大きかったために、小伝はときとして変更され、特にジョンソンが重要だと考えた詩人に関しては、むしろ本格的な伝記が執筆されるとともに、主な作品を紹介しつつ批評を加えたものが誕生したのである。つまり、当初の小伝の枠組みを逸脱して、本格的な評伝が執筆されたものがあったのだ。その具体例を先に

挙げておけば、ジョン・ミルトン、ジョン・ドライデン、そしてアレグザンダー・ポープなどがそれに当たる。

だが、もしこのような変更がなされたとすれば、書籍商側の思惑とは異なるものが生まれることになったのも事実であり、それはまた出版形態にも影響を与えずにはおかなかった。

まず、書籍商たちが計画した『イギリス詩人作品集』は全部で56巻、そして各巻で取り上げた詩人たちに関して、ジョンソンによる小伝をつけて出版する予定だった。ところがすでに述べたように、肝心のジョンソンの意向が変化し、本格的な評伝執筆も視野に入れたとなれば、小伝の執筆が作品集の出版に追いつかない可能性が高くなる。そこで、書籍商たちは当初の予定を変更して、ジョンソンによる小伝（評伝を含む）は別立てとして出版し、作品集全巻を購入した人間だけにこれを与えることとしたのである。つまり、『イギリス詩人伝』は、こうして独立した書物として、1781年5月15日にその初版が世に出たのである。

＜『イギリス詩人伝』の特色と瑕瑾＞

さて、このような経緯を経て出版された『イギリス詩人伝』だが、そこには17世紀から18世紀までの詩人52人の評伝が含まれている。その中には今日の目から見れば、果たしてこの時代を代表する詩人と評価するのをためらう人間もいるし、逆にジョン・ダンがなぜ含まれなかったのか、疑問を持つこともできるだろう。その理由をここで詳しく述べるだけの余裕はないが、18世紀末の時点ではこの『イギリス詩人伝』に取り上げられた人物らが、重要だと考えられていたのである。

また最初に執筆したと考えられ、この書物の冒頭に置かれた「エイブラハム・カウリー」から、没年では最後となるジョージ・リトルトンに至る伝記は、その多くが小伝と言うべきものだが、カウリーを含めて、ミルトン、ドライデン、ポープなどは、まさに本格的な評伝になっている。

たとえば、いかにも小伝と評すべきものとして、「トマス・グレイ」を挙げることができるだろう。これを書き上げたのはおそらく1780年8月上旬で、このあとに執筆するものとしてはリトルトン、ジョナサン・スウィ

フト、そしてポープが残るだけだった。

　もちろん、「トマス・グレイ」の構成は小伝とはいえ、『イギリス詩人伝』の標準的な形式に添っている。すなわち、生涯、人物批評、主要作品の紹介と批評である。しかしここでは、生涯と人物批評に関わる部分が半分以上を占め、作品に関する批評は概して多くない。これはグレイの残した作品が少なかったことにもよるだろうが、ジョンソンがこれを書くにあたって参考にした唯一のものであるウィリアム・メイソン編『グレイ詩集――その生涯と著作の回想』が、あまり役に立つ情報を与えてくれないこと、そしてメイソンがグレイの作品の著作権保護に熱心で、そのために作品からの引用がままならなかったことなどが考えられる。もちろん、ジョンソンがグレイという人物を嫌っていたことも影響して、それが作品の評価に反映していることもある。

　これに対して、本格的な評伝である「アレグザンダー・ポープ」は、『イギリス詩人伝』の中でもっとも標準的な構成となっており、全体としての分量ももっとも多いものである。それだけにポープという、やや狷介な人物の生涯を詳細に描いており、ジョンソンが好んだ種々のエピソードも巧みに交えて、出色の出来映えを示していると言えるだろう。一方、ポープと並ぶジョナサン・スウィフトに関しては、いささかおざなりな紹介に終始し、作品への評価も詳細に渡ることがない。このあたり、ジョンソンの好悪の感情がにじみ出ていると考えることもできる。

　しかし最終的に完成した『イギリス詩人伝』の中で、おそらくはもっとも目を惹くとともに評価の高い伝記は「リチャード・サヴェッジ」であろう。これはすでに1744年、ジョンソンが匿名で出版した伝記に依拠したものだが、もともとサヴェッジが発表した作品がほとんどなかったために、評伝の形式には達していないものの、この人物と直接つき合いがあり、またその愛すべき人柄故に、ジョンソンの心を捉えて離さなかった破天荒な男への哀惜の念が満ち溢れた一級の伝記となっている。

　こうしてさまざまな評価ができるにしても、『イギリス詩人伝』は晩年のジョンソンが書き残した優れた伝記文学として、高い評価を得てきたことは忘れてはなるまい。

　だが同時に、すでに述べた成立に至る事情、あるいはその過程で生じた変更のために、この優れた伝記にもいくつかの瑕瑾が見られることも事実

である。

　たとえば、ジョンソンがしばしば犯す誤りであり、それは年月日の誤りに始まり、曖昧な情報源に基づく誤り、あるいは文献探索の不足に基づく誤りに至るまである。もちろんそれをもってしてこの評伝の本質的価値を云々するつもりはないが、ジョンソンの個性が豊かに発揮された作品であることは認めるにしても、事実関係に関しては全面的な信頼を置けるものとは言えない。では、なぜそのようなことが起きたのか。

　一つにはジョンソンがいわゆる「リサーチ」が得意な人間ではなかったこと、そのために協力者の援助を仰いだとしても、それが充分ではなかった点を挙げることができるだろう。もちろん出版者のジョン・ニコルズ、法律家のアイザック・リード、特に詩人の逸話などに詳しかったジョージ・スティーヴンスなどが、精力的、あるいは献身的に援助をしたことは事実であるが、それにしても限界はあった。あるいはまた、ジョンソンが参照できる書物、信頼できる文献がまだ整備されていなかったこともちろんである。

　しかしもう一つの大きな理由として、ジョンソンにしても、あるいは彼にこの仕事を依頼した書籍商たちにしても、ほとんど拙速と言えるほどに、『イギリス詩人作品集』及び、結果として独立した書物となった『イギリス詩人伝』の完成を急いだ事実は忘れてはなるまい。もちろんそれにしても、ジョンソンが老齢に達していた点が大きな原因となるのだが、もう一つ重要な点として、同様の企画がほかでも進んでいた事実を挙げなければなるまい。それは執筆者のジョンソンにとっても、いやそれ以上に彼にこの仕事を頼んだ書籍商たちにとって、ある意味では大きな脅威だったのである。

＜ジョン・ベルという人物＞

　ジョンソンに執筆を依頼した書籍商たちは、すでに述べたように、出版をめざしていた『イギリス詩人作品集』のまえがきとなる部分を考えていたのだが、書籍商たちの頭の中にはこの出版を急ぐ理由として、ほかでも似たような企画が進んでいたことがあった。それはジョン・ベルなる人物

が中心となって進んでいたもので、しかもさらに大きな出版計画であった。そこでまず、このジョン・ベルとはどのような人物なのか、略歴を述べることから始めよう。

1745年に生まれたベルは（生まれた場所は不明）、ロンドンはストランドにあった「ブリティッシュ・ライブラリー」なる書籍商の経営を1769年に引き継ぎ、以後30年にわたって書籍業者、印刷業者として大いに活躍して、この時代を代表する出版業者となった。

1770年代からは、エディンバラを拠点とする「アポロ・プレス」と提携して、1806年にはこれを買い取っている。また1770年代には次々と大型企画を生み出して成功を収め、そのことが、ジョンソンに依頼した書籍商たちの焦りを生み出していた。

ベルはまた、書籍の出版だけではなく、新聞の発行にも手を広げ、1772年には『モーニング・ポスト』の共同経営者の一人となり、1786年にはこの権利を売って得た資金をもとに『ザ・ワールド』なる新聞の共同経営者、そして3年後の1789年には共同経営者から権利を譲り受けたのち、『ザ・オラクル』なる新聞を独力で出すことになる。さらに、1796年には『ベルズ・ウィークリー・メッセンジャー』を発刊して、これは1819年まで続いた。また社交界向けの雑誌を発刊したのもこの時期である。

こうした精力的な出版人であったベルに関して、この時期の書籍、出版世界の状況を描いたチャールズ・ナイトは、「書籍業界のパック」だと述べているが、それは『夏の夜の夢』に出てくる妖精の如く、次々と新機軸を繰り出す姿を形容したものだった。実際、ベルは廉価版の書物や新聞の出版だけでなく、印刷の世界では長い間慣行だった「長い∫」を廃止して、現代的な活字を導入した人物であり、そのためにわざわざ鋳物工場までつくったのである。

このような、ある意味では進取の気性に富んだ人物だが、それが逆に災いして名誉毀損の罪に問われたり、あるいは破産をしたこともある。しかしいずれにしても18世紀末から19世紀前半の書籍業界を駆け抜けたベルは、結局生涯結婚もしないまま、1831年に死去している。

＜ベルによる精力的な出版活動＞

　さてそこで、このベルは1770年代、つまり、ロンドンにおいて『イギリス詩人作品集』出版の計画が進んでいた時期に、大きな企画をすでに軌道に乗せていた。それは1776年から1782年の間に出版される『イギリスの詩人——チョーサーからチャーチルまで』とでも訳すことのできるもので、エディンバラにあるアポロ・プレスが出版し、全部で109巻にまでなるものだった。言うまでもなくこのアポロ・プレスは、すでにベルが提携を結んでいた書籍商であり、実質的にはベルの主導でこの計画が進められていたのである。

　ベルはこの出版に先立って、1774年にはシェイクスピアの全集9巻を出版（1773-4）、1776年から80年にかけては『ベルのイギリス演劇』21巻を出版しており、これらは全体として評判を取っていたから、彼は引き続き109巻に及ぶイギリス詩人の作品集に手を出そうとしたのだろう。このうち、たとえば『ベルのイギリス演劇』は挿絵によって舞台場面を描き出すとともに、18世紀の演劇を多く取り入れて、同時代の読者の興味を惹きつける工夫がなされていた。装幀は簡素ではあったが、それでも印刷にこだわりのあるベルらしく瀟洒な出来映えであったし、何よりも驚くのは刊行の速さであって、4作品を収めた1巻が毎週土曜日に出版され、その値段は6ペンスだった。このため多くの読者に恵まれ、事実、初版刊行後も何度か復刻版が出されて今日に至っている。

　そのベルが1776年に109巻に及ぶイギリス詩人の作品集を出版し始めたのだが、これがまた、少なくともロンドンの書籍商にとっては驚くべきものだった。まず第1に、チョーサーから始めて、18世紀のチャールズ・チャーチルまでの詩人たちの作品を網羅するというものである。大きさは12折判と小型で、何よりも驚くのは、これまた各巻を毎週1巻ずつ出版するとのスピードで（これは必ずしもその通りにはならなかった）、手っ取り早くイギリス詩人たちの作品の全貌を知ろうとするには、これほど便利なものはなかった。そのため最終的には3000部が売れたとされている。ちなみに、この作品集にベルが投じた費用は、全部で1万ポンドに及んだとされている。

　しかもベルは、こうした出版物を大々的に新聞広告で宣伝し、読者の関

心を惹きつけていた。さらにそうした宣伝の中では、あからさまにロンドンの書籍商を非難するような文章を掲載しているのである。だとすれば、新たに『イギリス詩人作品集』を出版しようとするロンドンの書籍商にとっては、ベルの仕事は目障りこの上ないことだと思えたに違いない。

＜版権問題をめぐる書籍商の戦争＞

　さらに、ベルを中心とするスコットランドの書籍商たちの動きと、ロンドンで書籍業を営む人々との間には、互いの確執を強める問題があった。それは版権（コピーライト）をめぐる争いである。その経緯を簡単にまとめれば、次のようになる。

　1710年、アン女王の時代に議会は初めて版権の期限を決定し、その期間を14年、ただし1回は更新できると定めた。つまり、28年間の版権保持が認められたのである。またすでに出版されたものに関しては、版権は21年間に限って保護されるとして、その期限が切れたあとは保護の対象としないとした。当時は著者の版権は認められておらず、版元のみがこれを保持できたのだが、当然ながら書籍商は後者の決定に反発し、21年間の期限を延長するように求めた。しかしこれは議会によって却下された。そしてこれ以後、版権をめぐる問題は18世紀後半まで大きな論争の的となる。

　その主張が議会によって却下された書籍商は、今度は「コモンロー」で保証された財産権によって、版権は当然の権利として認められるものだとして法廷に訴えたが、これも却下された。しかしその後も、ロンドンの書籍商はしばしば版権の保護を訴え、法廷にまでこれが持ち込まれている。そして1750年には、コモンローの財産権に基づいて、ロンドンの書籍商の主張が一応認められたのである。

　なぜこれほどロンドンの書籍商がこだわったのかと言えば、建前の上ではコモンローを重視してのことだとされるものの、事実は、スコットランドやアイルランドでおこなわれている、いわゆる「海賊版」の横行に憤りを感じていたことによる。何しろイングランドで出版された書物が、あっという間にスコットランドなどで海賊版になり、しかも廉価版で売り出されるのだから、イングランドの書籍商にとっては大きな損失である。中に

はロンドンで正規の版が出版される前に、ダブリンで海賊版が出たこともあった。したがって、そうした海賊版がスコットランド、あるいはアイルランドのダブリンで数多く出版されていたことは事実だが、そもそもイングランドとは法制度が違うために、これを取り締まることはできなかった。

　そうした中で、1770年代になると、一つの大きな出来事が起こる。すなわち、エディンバラの書籍商で、28年の保護期間が終了した書物は自由に出版できると主張し、それを実行に移していたアレグザンダー・ドナルドソンが、ロンドンの書籍商に対して全面的対決の姿勢を示したのである。問題となったのは、詩人ジェイムズ・トムソンの詩『四季』の出版をめぐる版権問題で、ドナルドソンは28年の期限が切れている以上、これを出版するのは自由だと主張したのである。これをめぐってロンドンの書籍商とドナルドソンとは長い法廷闘争に入るが、結局1774年に結審してドナルドソンの主張が認められた。つまり、版権を永久のものと考えることは斥けられ、版権が切れたものは公衆の所有物とみなされたのである。

＜イングランドとスコットランドの対立＞

　さて問題は、このような版権をめぐる論争が記憶に新しい時期に、これまで述べてきたロンドンの書籍商による出版計画、そしてこれに対抗するかのように進められていたスコットランドのジョン・ベルによる出版活動が、ほとんど重なるようにおこなわれたことである。ベルの側がどのようなことを考えていたか、これに関しては参照できるような資料が残されていないので推測をするより仕方がないが、おそらく彼はロンドンに対抗する意図はあったにしても、むしろ思いつく限りの出版活動を活発におこなうことに神経を集中していたのだろう。

　だが、ロンドンの書籍商たちは、そのようなエネルギーに溢れたベルの活動に苦々しい思いを強く抱いていたに違いない。なぜなら、これまでも海賊版の横行によってしかるべき利益を奪われていただけでなく、ドナルドソンをめぐる裁判では煮え湯を飲まされていたのだから、ここは何としても自分たちの出版計画を軌道に乗せることを望んでいたのだろう。それだけに、『イギリス詩人作品集』の出版はできる限り早くおこなうこと、

そしてその目玉として、ジョンソンによる小伝をつけること、これらは彼らの大きな願望だった。

しかし結局、『イギリス詩人作品集』は出版されたものの、ジョンソンによる小伝はそのまえがきとしてはまに合わず、また小伝も変更が加えられて出版されたこと、しかもその出版にはかなりの年月を要したこと、これらはすでに述べたとおりである。けれどもそのような、当初のもくろみとは異なる形で出版されたとはいえ、『イギリス詩人伝』は晩年のジョンソンが書き下ろした優れた評伝として、今日まで伝えられていることは間違いない。その意味では、ロンドンの書籍商たちの願望は充分な成果を生み出したのである。

＜最後に＞

1776年は言うまでもなく、イギリスの植民地であったアメリカが独立した年である。このことはイギリスにとっては大きな衝撃であった。

同時にこの年は、スコットランドのアダム・スミスが、その主著である『国富論』を世に出した時期であり、同じく、こちらはスコットランド出身ではないものの、エドワード・ギボンが『ローマ帝国衰亡史』の第1巻を出版したときでもある。前者は近代経済学の基礎をなした書物で、ある意味では来るべき大英帝国時代のイギリスの経済発展の姿を予想させるものである。一方、後者はローマ帝国がどのように衰亡していくかを詳細に描き出した書物であり、その点ではやがて訪れる大英帝国の衰退を予見させるものと言えるかも知れない。

さらに、ジョンソンによる『イギリス詩人伝』の構想が端緒について、やがて世に出てくる時期は、イギリスが産業革命によって大きく発展するとともに、さまざまな変化を経験することになる時代でもある。そしてその産業革命を構成する多くの要素が、実はスコットランドを起点として生まれていたことは案外忘れられがちである。

たとえば産業革命のまさに原動力となった蒸気機関の発明は、ほかならぬスコットランド出身のジェイムズ・ワットの力によるところが大きかった。あるいはアダム・スミスと並んで、スコットランド出身の思想家、文

筆家が優れた著作を発表したのもこの時期であり、だからこそその首都エディンバラは「北のアテネ」とまで呼ばれたのである。

　ジョンソンのスコットランド嫌いは伝説にまでなって、その言葉が多く引用される。しかしそのジョンソンの代表作『イギリス詩人伝』成立の背景に、スコットランドの書籍商との争いや、精力的なスコットランドの出版者ジョン・ベルの存在が見え隠れしていたとすれば、それはいささか皮肉なことと言えるかも知れない。1709年の合同法によって、実質的には独立国としての体裁を失っていたスコットランドが、このような形でイングランドの出版世界に影を投げかけていたとすれば、それこそが『イギリス詩人伝』を生み出した原動力だったのかも知れない。ジョンソンも、そして彼に執筆を依頼したロンドンの書籍商たちも、自らの存在を主張するために、こうした出版を何としても成功させることが必要だったのである。

[参考文献]

Bonnell, T. F., 'John Bell's Poets of Great Britain: The "Little Trifling Edition" Revisited'. *Modern Philology* 85(1987). 128-52.

Clingham, Greg and Philip Smallwood eds. *Samuel Johnson After 300 Years*. Cambridge: Cambridge UP, 2009.

Johnson, Samuel. *The Lives of the Poets*. Ed. Roger Lonsdale. 4 vols. Oxford: Clarendon Press, 2006. 小林章夫ほか訳 『イギリス詩人伝』 筑摩書房、2009 年。

Morrison, Stanley. *A Memoir of John Bell 1745-1831*. Cambridge: Cambridge UP, 1930.

＊なおこの論文は、2009 年 11 月 21 日に上智大学でおこなわれた「英米文学専攻課程協議会」大会において、「サミュエル・ジョンソン生誕 300 年――『イギリス詩人伝』再考」と題しておこなった講演に基づくものである。

索　引

ア

アイヴィー・レイン・クラブ（Ivy Lane Club）　39
アイスキュロス（Aeschylus）　127
『アイドラー』（*The Idler*, 1758-60）　10, 12-14, 20-23, 27-29
アウグストゥス・カエサル（Augustus Caesar）　122
アウグストゥス時代（The Augustan Age）　31, 122-123
アスカム、ロジャー（Ascham, Roger　1514/15-1568）
　『アスカム英語作品集』（*The English Works of Roger Ascham*, 1761）　11
アディソン、ジョーゼフ（Addison, Joseph 1672-1719）　98-99, 102, 104, 115
『アドヴェンチャラー』（*The Adventurer*, 1752-54）　13-14, 20-21, 23, 28, 40
アリストテレス（Aristotle）　35, 119, 123
　『詩学』（*Poetics*）　35, 123
アリストパネス（Aristophanes）　127
アン女王（Anne, 1665-1714; 在位 1702-14）　66, 140

イ

『医学辞典』（*A Medical Dictionary*, 1743-45）[Robert James ed.]　11
『イギリス詩人作品集』（*The Works of the English Poets*, 1779）　133, 135, 137, 140-142
イーヴリン、ジョン（Evelyn, John 1620-1706）　98

ウ

ウォーバートン、ウィリアム（Warburton, William 1698-1779）　99, 125
ウォリス、ジョン（Wallis, John 1616-1703）　87, 88
　『英文法』（*Grammatica Linguae Anglicanae*, 1653）　87
ウォルポール、ホレス（Walpole, Horace 1717-97）　129
　『オトラント城奇譚』（*The Castle of Otranto*, 1765）　129
ウォルポール、ロバート（Walpole, Robert, 1st Earl of Orford, 1676-1745; 第一大蔵卿
　1715-17, 首相 1721-42）　19, 66-68, 72, 75

エ

エッジワース、マライア（Edgeworth, Maria 1767-1849）　42, 46
　『ベリンダ』（*Belinda*, 1801）　42
『エディンバラ・レビュー』（*Edinburgh Review*（1802-1929））　103

オ

王立協会（Royal Society）　98
オースティン、ジェイン（Austen, Jane 1775-1817）　33, 42-43, 45, 46
　『ノーサンガー・アベイ』（*Northanger Abbey*, 1818）　33, 42, 45
オースティン、ヘンリー（Austen, Henry 1771-1850）　42, 45
オックスフォード（Oxford）　42, 125
オポジション（Opposition）　66-68, 75, 80, 82-83

カ

カータレット、ジョン（Carteret, John, Earl Granville, 1690-1763）　75
カウリー、エイブラハム（Cowley, Abraham 1618-1667）　135
カクストン、ウィリアム（Caxton, William 1422?-91）　96, 114
カデル、トマス（Thomas Cadell, 1742-1802）　13
カントリー・ジェントルマン（country gentleman）　68
カントリー・ホイッグ（Country Whig）　68

キ

記述主義（descriptivism）　99-102, 111, 113
北のアテネ　143
規範主義的態度（prescriptivism）　100
ギボン、エドワード（Gibbon, Edward 1737-1794）　142
　『ローマ帝国衰亡史』（*The History of the Decline and Fall of the Roman Empire*, 1776-88）　142
ギャリック、デイヴィッド（Garrick, David 1717-1779）　19, 126, 130
ギル、アレグザンダー（Gill, Alexander, the Elder, 1565-1635）　115

ク

グラッブ街（Grub Street）　13
『クルスカ・アカデミー辞典』（*Vocabulario degli Accademici della Crusca*, 1612）　97, 115
グレイ、トマス（Gray, Thomas　1716-71）　130, 135-136
「墓畔の哀歌」（'An Elegy Written in a Country Church Yard', 1751）　130
グローブ座（Globe Theatre）　120

ケ

ケイヴ、エドワード（Cave, Edward 1691-1754）　11, 18

コ

『コヴェント・ガーデン・ジャーナル』（*The Covent Garden Journal*, 1752）　38
コウルズ、イライシャ（Coles, Elisha c.1640-80）　97
　『英語辞典──神学、農業、物理、哲学、法学、航海術、数学およびその他の学芸にて用いられる難語の解説』（*An English Dictionary, Explaining the Difficult Terms that are used in Divinity, Husbandry, Physick, Phioloposhy, Law, Navigation, Mathematicks, and other Arts and Sciences*, 1676）　97
コート・ホイッグ（Court Whig）　66-68, 72, 77, 80
コードリー、ロバート（Cawdrey, Robert 1580-1604）　96, 98
　『アルファベット順語彙表──ヘブライ語・ギリシア語・ラテン語・フランス語等より借入せる難解な通用英単語の正しい書き方および解釈を収録、教授』（*A Table Alphabeticall, conteyning and teaching the true writing, and vvunderstanding of hard vsuall English wordes, borrowed from the Hebrew, Greeke, Latine, or French, &c.*, 1604）　96
ゴールドスミス、オリヴァー（Goldsmith, Oliver 1730-74）　130, 134
コールリッジ、サミュエル・テイラー（Coleridge, Samuel Taylor 1772-1834）　119, 127
古典主義　119, 121-123, 126, 128-129
コッカラム、ヘンリー（Cockeram, Henry fl.1623-58）　96
　『英語辞典──英語の難語解釈辞典』（*The English Dictionarie: or, An Interpreter of Hard English Words*, 1623）　96

コンデル、ヘンリー（Condell, Henry ?-1627） 120

サ
サヴェッジ、リチャード（Savage, Richard 1697-1743） 136
サッカレー、ウィリアム（Thackeray, William Makepeace 1811-1863） 84-85
　『虚栄の市』（*Vanity Fair*, 1847-48） 84
三一致の法則（three unities） 119-123, 126-127

シ
シェイクスピア、ウィリアム（Shakespeare, William 1564-1616） 4, 9, 21, 23, 40, 45, 90, 102, 104, 119-122, 124-128, 131-132, 139, 148
　『アントニーとクレオパトラ』（*Antony and Cleopatra*, 1606-7） 121, 123, 126
　『夏の夜の夢』（*A Midsummer Night's Dream*, 1595-6） 138
　『マクベス』（*Macbeth*, 1606） 127-128, 131
　『リア王』（*King Lear*, 1605-6） 121
シェリダン、リチャード・ブリンズリー（Sheridan, Richard Brinsley 1751-1816） 41
シェンストン、ウィリアム（Shenstone, William 1714-63） 130
詩的正義（poetic justice） 121
シドナム、トマス（Sydenham, Thomas 1624-89）
　『シドナム作品集』（*The Entire Works of Dr Thomas Sydenham*, 2nd ed., 1749） 147
ジャコバイト（Jacobite） 47-48, 61-62, 72, 82
『淑女雑誌』（*The Ladies Magazine*, 1749-53） 10
『紳士雑誌』（*Gentleman's Magazine*, 1731-1914） 10-11, 16, 18-19, 21-22, 25-26, 28-31
ジョージ1世（George I, 1660-1727; 在位 1714-27） 66
ジョージ2世（George II, 1683-1760; 在位 1727-60） 66
ジョージ3世（George III, 1738-1820; 在位 1760-1820） 23, 66, 133
ジョンソン、エリザベス［テティ］（Johnson, Elizabeth [Tetty] 1689-1752） 20
ジョンソン、サミュエル（Johnson, Samuel 1709-84）
　『愛国者』（*The Patriot*, 1774） 68, 72, 74, 76, 82-83
　『アイリーン』（*Irene*, 1749） 13, 19
　『イギリス詩人伝』（*The Lives of the English Poets*, 1779-81） 4, 10, 14, 17, 23, 42, 64,

83, 92-93, 117, 133, 135-137, 142-143
『英語辞典』(*A Dictionary of the English Language*, 1755)　4, 20-21, 26, 42, 61, 64-65, 80-85, 89, 92-103, 106, 109-114, 116-117
『英語辞典計画書』(*The Plan of an English Dictionary*, 1747)　18, 19, 99, 101, 109
「ケイヴ伝」('An Account of the Life of the Late Mr Edward Cave', 1754)　18
「コリンズ伝」('Collins', 1763)　10
『サヴェッジ伝』(*The Life of Savage*, 1748; 2nd ed)　10-11, 19, 25
『作品集』(*The Works of Samuel Johnson*, 1825)　29
『雑文集』(*Miscellaneous and Fugitive Pieces*, 1773)　14
『雑文集』(*Miscellaneous Writings*, Yale 版未刊)　17, 29
『シェイクスピア作品集』(*The Plays of William Shakespeare*, 1765)　21, 23, 121, 126, 130
　「企画書」('Poroposals for Printing, by Subscription, the Dramatick Works of William Shakespeare, Corrected and Illustrated by Samuel Johnson', 1756)　124-127, 130
『ジョンソン散文小品集』(*Shorter Prose Writings of Samuel Johnson*, 未刊)　17
『スコットランド西方諸島の旅』(*A Journey to the Western Islands of Scotland*, 1775)　4, 23, 47-63
『説教集』(*Sermons on Different Subjects*, 1788-89) [John Taylor 名義]　24
「大ブリテンの政治情勢序論」('An Introduction to the Political State of Great-Britain', 1756)　22
「チョーサー評伝」('Some Account of the Life and Writings of Chaucer', 1756)　21
『伝記および関連作品集』(*Biographical and Related Writings*, Yale 版未刊)　17, 28
『人間の欲望のむなしさ』(*The Vanity of Human Wishes*, 1749)　4, 13, 19, 21
『ノーフォーク州出土の大理石』(*Marmor Norfolciense*, 1739)　19
『ハーレー文庫目録』(*Catalogus Bibliothecae Harleianae*, 1743-45)　19, 21
「ブールハーフェ医師伝」('The Life of Dr Herman Boerhaave', 1739)　23
『ブレイク伝』(*The Life of Blake*, 1740)　11
「プロイセン王フリードリッヒ三世回顧録」('Memoirs of Frederick III. King of Prussia', 1756)　22
「ポープの墓碑銘論について」('A Dissertation on the Epitaphs written by Pope', 1756)　21

「ポープ伝」('Pope', 1781)　21, 124, 132
「民兵法案についての見解」('Remarks on the Militia Bill', 1756)　55, 63
『ラセラス』(*Rasselas*, 1759)　4, 21-22, 27, 41-43, 49-50, 52, 59-60, 62-63
「リリパット元老院議事録」('Debates in the Senate of Lilliput', 1740-44)　19
『議会討議録』(*The Dabates in Parliament*, 未刊)　17
「ロシアとヘッセンとの条約に関する考察」('Observation on the Russian and Hessian Treaties', 1756)　55, 63
「ロスコモン伝」('Roscommon', 1748)　10
『ロンドン』(*London*, 1738)　18
「ジョンソン博士著作目録」('An Account of the Writings of Dr. Samuel Johnson', 1785)　28
ジョンソン、ベン（1572-1637）　86, 104, 124
　『英文法』(*The English Grammar*, 1640)　86, 93
『新英語辞典』(*A New English Dictionary*, 1702)　98

ス

スウィフト、ジョナサン（Swift, Jonathan 1667-1745）　37, 98, 102, 104, 110, 115, 118, 136
スチュアート家（House of Stuart）　82
スチュアート朝（Stuart Dynasty）　65, 72
スティーヴンス、ジョージ（Steevens, George 1736-1800）　137
『ステューデント』(*The Student*, 1750-51)　11, 19, 21
ストラーン、ウィリアム（Strahan, William 1715-85）　13, 29
『スペクテイター』(*The Spectator*, 1711-12)　10, 115
スペンサー、エドマンド（Spenser, Edmund 1552?-99）　102
スマート、クリストファー（Smart, Christopher 1721-71）　19, 21
スミス、アダム（Smith, Adam 1723-90）　102-112, 117, 142
　『国富論』(*An Inquiry into the Nature and Causes of the Wealth of Nations*, 1776)　142
スミス、トマス（Smith, Thomas 1513-77）　115
スモレット、トバイアス（Smollett, Tobias 1721-1771）　127
　『ロデリック・ランダム』(*The Adventures of Roderick Random*, 1748)　127

スレイル、ヘンリー（Thrale, Henry 1728-81）　40, 76
スレイル夫人［後ピオッツィ夫人］（Thrale, Hester Lynch, later Mrs. Piozzi 1741-1821）　31, 34, 40-41, 51, 58, 62
　『ジョンソン逸話集』（*Anecdotes of Johnson*, 1786）［ピオッツィ名義］　28

セ

セルバンテス（Cervantes, Miguel de 1547-1616）
　『ドン・キホーテ』（*Don Quixote*, Part I, 1605; Part II, 1615）　38, 39

ダ

ダイク、トマス（Dyche, Thomas ?-c.1733）　99
　『新一般英語辞典』（*A New General English Dictionary*, 1735）　99
大ピット（Pitt, William, 1st Earl of Chatham, 1708-78）　19, 75
ダン、ジョン（Donne, John 1572-1631）　135
ダンテ（Dante 1265-1321）　127

チ

チーク、ジョン（Cheke, John 1514-57）　115
チェスタフィールド伯（Stanhope, Philip Dormer, 4th Earl of Chesterfield, 1694-1773）　19, 65, 99, 116
地方派　68
チャーチル、チャールズ（Churchill, Charles 1732-64）　134, 139
チョーサー、ジェフリー（Chaucer, Geoffrey c.1340-1400）　21, 139

テ

デイヴィス、トマス（Davies, Thomas c.1712-85）　14
テイト、ネイアム（Tate, Nahum 1652-1715）　121
　『リア王』（*The History of King Lear*, 1681）　121
ティボルド、ルイス（Theobald, Lewis 1688-1744）　124-125
テイラー、ジョン（Taylor, John 1711-88）　24
デニス、ジョン（Dennis, John 1658-1734）　123
デフォー、ダニエル（Daniel Defoe, 1659/60-1731）　37, 62, 98, 115

『モル・フランダース』(*Moll Flanders*, 1722)　127
『ロビンソン・クルーソー』(*Robinson Crusoe*, 1719)　62

ト

トーリー (Tory)　48, 64-68, 72, 74, 79-81, 94
ドズリー、ロバート (Robert Dodsley, 1703-64)　13, 99
独立派　67-68
ドナルドソン、アレグザンダー (Donaldson, Alexander 1727-94)　141
トムソン、ジェイムズ (Thomson, James 1700-1748)　141
　『四季』(*The Seasons*, 1726-30)　141
ドライデン、ジョン (John Dryden, 1631-1700)　98, 102, 104, 121-123, 126, 132, 135
　『劇詩論』(*An Essay of Dramatick Poesie*, 1668)　123, 132
　『すべて愛のために、あるいは世界を失うもよし』(*All for Love*, 1677)　121, 123
ドレイク、フランシス (Drake, Francis 1540-1596)　11
トンソン、ジェイコブ (Tonson, Jacob 1714-67)　21

ナ

ナイト、チャールズ (Charles, Knight 1791-1873)　138

ニ

ニコルズ、ジョン (Nichols, John 1745-1826)　13, 137
ニューベリー、ジョン (Newbery, John 1713-67)　13

ハ

バーク、エドマンド (Burke, Edmund (1729/30-1797)　129-130
パーシー主教 (Percy, Thomas 1729-1811)　130
　『イギリス古謡集』(*Reliques of Ancient English Poetry*, 1765)　130
パードン、ウィリアム (William Pardon, 生没年未詳)　99
　『新一般英語辞典』(*A New General English Dictionary*, 1735)　99
バーニー、チャールズ (Burney, Charles 1726-1814)　40
バーニー、ファニー (Burney, Fanny 1752-1840)　33-34, 40-42
　『エヴェリーナ』(*Evelina, or The History of a Young Lady's Entrance into the World*,

1778）　34,40-41

『カミラ』（Camilla: or a Picture of Youth, 1796）　42

『セシリア』（Cecilia, or Memoirs of an Heiress, 1782）　41-42

『利口ぶる人々』（The Witlings, 1779）　41, 45-46

『バーミンガム・ジャーナル』（The Birmingham Journal, 1732?-33?）　10

ハーリー、ロバート（Harley, Robert, 1st Earl of Oxford, 1661-1724; 第一大蔵卿 1711-14）　66-67

バカン、ジョン（Buchan, John 1875-1940）　47-48, 62

『真冬』（Midwinter, 1923）　47, 62

ハズリット、ウィリアム（Hazlitt, William 1778-1830）　127, 132

ハノーヴァー家（House of Hanover）　82

ハノーヴァー朝（Hanoverian Dynasty）　65-66

パルトニー、ウィリアム（Pulteney, William, 1st Earl of Bath, 1684-1764）　75

版権（コピーライト）　134, 140-141

ハンマー、トマス（Hanmer, Sir Thomas, fourth baronet 1677-1746）　124-125

ヒ

ビアス、アンブローズ（Ambrose Bierce, 1842-1914?）　112, 117

『悪魔の辞典』（The Devil's Dictionary, 1906）　112, 117

ピラネージ（Piranesi, Giovanni Battista　1720-1778）　130

フ

フィールディング、ヘンリー（Fielding, Henry 1707-54）　32-39, 43-46, 75

『ジョーゼフ・アンドルーズ』（Joseph Andrews, 1742）　36, 45

『トム・ジョーンズ』（The History of Tom Jones, 1749）　33, 35, 44-45

フィリップス、エドワード（Phillips, Edward 1630-96?）　97

『英単語の新世界――一般辞典』（The New World of English Words: Or, a General Dictionary, 1658）　97

フッカー、リチャード（Hooker, Richard 1554?-1600）　102, 104

ブラウン、トマス（Browne, Thomas 1605-82）　102

『キリスト教倫理』（Christian Morals, 2nd ed., 1756）　11

ブラックフライアーズ座（Blackfriars Theatre）　120

『フランス・アカデミー辞典』(Le Dictionnaire de l'Académie Française, 1694) 97
ブラント、トマス (Blount, Thomas 1618-79) 96
『グロッソグラフィア――全難語解説辞典』(Glossographia: or, a Dictionary Interpreting All Such Hard Words, 1656) 96
プリーストリー、ジョーゼフ (Priestley, Joseph 1733-1804) 85, 88-89, 93
ブリンズレー、ジョン (Brinsley, John 1585-1665) 115
ブレイク、ロバート (Blake, Robert 1599-1657) 11
フレッチャー、ジョン (Fletcher, John 1579-1625) 124
フレデリック・ルイス (Frederick Louis, 1707-51; 皇太子 1729-51) 66, 75, 82
フロイト、ジグムント (Freud, Sigmund 1856-1939) 119
ブロカー、ジョン (Bullokar, John 1574-1627) 96
『英語解説――わが国の言語にて使用される最も難解な語の解釈を教授』(An English Expositor: Teaching the Interpretation of the Hardest Words Used in our Language, with Sundry Explications, Descriptions, and Discourses, 1616) 96

へ

ベイリー、ネイサン (Bailey, Nathan [Nathaniel] ?-1742) 91, 98, 107, 116
『語源的英語大辞典』(An Universal Etymological English Dictionary, 1721) 98
『ディクツィオナリウム・ブリタンニクム――現行辞典で最も完成された語源的英語大辞典』(Dictionarium Britannicum: Or a More Compleat Universal Etymological English Dictionary than Any Extant, 1930) 98
ペイン、ジョン (Payne, John ?-1787) 13
ベーコン、フランシス (Bacon, Francis 1561-1626) 90, 97, 104
ヘミング、ジョン (Heminge, John c. 1556-1630) 120
ベル、ジョン (Bell, John 1745-1831) 137-141, 143
『イギリスの詩人――チョーサーからチャーチルまで』(Poets of Great Britain Complete from Chaucer to Churchill, 1776-82) 139
『ザ・オラクル』(The Oracle, 1789 創刊) 138
『ザ・ワールド』(The World, 1787 創刊) 138
『ベルズ・ウィークリー・メッセンジャー』(Bell's Weekly Messenger, 1796-1819) 138
『ベルのイギリス演劇』(Bell's British Theatre, 1776-80) 139

『文芸雑誌』(*The Literary Magazine*, 1756-58) 11, 16, 21-22, 26, 30

ホ

ホイッグ(Whig) 48, 65-68, 72, 74, 76-77, 79-81
ボイル、ロバート(Boyle, Robert 1627-91) 102
『ポエティカル・カレンダー』(*The Poetical Calendar*, 1763) 11
ホーキンズ、ジョン(Hawkins, John 1719-1789) 11, 13, 23, 24, 31
ホークスワース、ジョン(Hawkesworth, John bap.1720-73) 18
ポープ、アレグザンダー(Pope, Alexander 1688-1744) 21, 41, 47, 75, 87, 99, 102, 104, 122, 124-125, 132, 135-136, 148
　『ウィンザーの森』(*Windsor-Forest*, 1713)
　『ダンシアッド』(*The Dunciad*, 1728) 124
ボズウェル、ジェイムズ(Boswell, James 1740-1795) 10, 12, 15-16, 18, 21-22, 24-25, 28, 30, 33, 37-38, 45, 48-49, 58, 61-63, 65, 75, 79, 82-83, 113, 117, 130-133
　『サミュエル・ジョンソン伝』(*The Life of Samuel Johnson*, 1791) 15, 25, 28, 30-31, 37, 45, 79, 82, 83, 117
　「散文作品の年代順一覧表('A Chronological Catalogue of the Prose Works of Samuel Johnson' 16, 22, 24
ボニー・プリンス・チャーリー(Charles Edward, the Young Pretender [Bonnie Prince Charlie] 1720-1788) 47, 61
ボリンブルック子爵(St John, Henry, 1st Viscount Bolingbroke, 1678-1751) 67, 72-74, 76-78, 82-83
　『愛国王の理念』(*The Idea of a Patriot King*, 執筆 1738-39, 出版 1749) 67, 72, 74, 77, 82-83

マ

マーティン、マーティン(Martin, Martin 1719) 49
マクファーソン、ジェイムズ(Macpherson, James 1736-1796) 50-51, 53, 61, 130
　『オシアン』(*Ossian*) 50-51, 61
　　『スコットランドのハイランドで集められた古代の詩の断片』(*Fragments of Ancient Poetry Collected in the Highlands of Scotland*, 1760) 61
　　『テモラ』(*Temora*, 1763) 61

『フィンガル』(*Fingal*, 1762) 61
マローン、エドマンド (Malone, Edmund 1741-1812) 131
マンデヴィル、バーナード (Mandeville, Bernard 1670-1733) 68-72, 83
  『蜂の寓話――私悪は公益なり』(*The Fable of the Bees: Or, Private Vices, Publick Benefits*, 1714) 68, 70-71
  「社会の本質の探究」('A Search into the Nature of Society') 82, 83
  「道徳的美徳の起源の追求」('An Enquriry into the Origin of Moral Virtue') 71
  「ぶんぶんうなる蜂の巣」('The Grumbling Hive: or, Knaves Turn'd Honest' 69-70, 154

ミ

ミドルセックス伯 (Sackville, Charles, Earl of Middlesex, 1711-1769) 38
ミラー、アンドルー (Millar, Andrew 1707-1768) 13, 40
ミルトン、ジョン (Milton, John 1608-74) 102, 135

メ

メイソン、ウィリアム (Mason, William 1725-97) 136
  『グレイ詩集――その生涯と著作の回想』(*The Poems of Mr Gray, to which are Prefixed Memoirs of his Life and Writings*, 1775) 136

モ

モア、ハナ (More, Hannah 1745-1833) 33
『モーニング・ポスト』(*The Morning Post*, 1772-1937) 138

ユ

『ユニヴァーサル・ヴィジター』(*The Universal Visiter*, 1756) 21
『ユニヴァーサル・クロニクル』(*The Universal Chronicle*, 1758-69) 12, 16, 22

ヨ

『ヨーロピアン・マガジン』(*The European Magazine*, 1782-1825) 28

ラ

ライマー、トマス（Rymer, Thomas 1642/3-1713）　123, 128
ラウス、ロバート（Lowth, Robert 1710-87）　85, 90-91, 93, 97
ラドクリフ、アン（Radcliffe, Ann 1764-1823）　129
　『ユードルフォの謎』（*The Mysteries of Udolpho*, 1794）　129
ラブレー、フランソワ（Rabelais, François c.1494-1553）　127
ラム、チャールズ（Lamb, Charles 1775-1834）　131
ラパン、ルネ（Rapin, René 1621-87）　123
『ランブラー』（*The Rambler*, 1750-52）　20, 29, 46

リ

リード、アイザック（Reed, Isaac 1742-1807）　137
リシュリュー（Cardinal et Duc de Richelieu, 1585-1642）　97
リチャードソン、サミュエル（Rchardson, Samuel 1689-1761）　32, 34, 38, 40, 43-44
　『クラリッサ』（*Clarissa*, 1747-48）　38
リトルトン、ジョージ（Lyttelton, George 1709-73）　135
リリー、ウィリアム（Lyly, William 1468?-1522/3）　87

ル

ルイス、マシュー・グレゴリー（Lewis, Matthew Gregory 1775-1818）　129, 132
　『マンク』（*The Monk*, 1796）　129, 132

レ

レイ、ジョン（Ray, or Wray, John 1627-1705）　97
　『一般に使用されない英単語の集成』（*A Collection of English Words not Generally Used*, 1674）　97
レノックス、シャーロット（Lennox, Charlotte 1730/31?-1804）　32-33, 38-40, 43, 45-46
　『女キホーテ』（*The Female Quixote*, 1752）　32-33, 37-40, 42-43, 45-46
　『ハリオット・スチュアートの生涯、本人による』（*The Life of Harriot Stuart*, 1751）　39
レノルズ、ジョシュア（Reynolds, Joshua 1723-1792）　28, 41

ロ

ロウ、ニコラス（Rowe, Nicholas 1674-1718） 124-126

ローズ座（Rose Theatre） 120

ローリー、ウォルター（Raleigh, Walter Alexander, 1861-1922） 124, 131

ロジャーズ、パット（Rogers, Pat 1938-） 32, 35, 38, 46, 48, 61, 63, 82-83, 85, 87, 93, 99, 114, 118

　『サミュエル・ジョンソン百科事典』（*The Samuel Johnson Encyclopedia*, 1996） 46, 82-83, 116, 118

ロック、ジョン（Locke, John 1632-1704） 102, 104, 115

『ロンドン・クロニクル』（*The London Chronicle*, 1757-1823） 11, 13, 22

ワ

ワーズワース、ウィリアム（Wordsworth, William 1770-1850） 117, 119

ワット、ジェイムズ（Watt, James 1736-1819） 142

サミュエル・ジョンソン
――その多様なる世界

2010年9月30日　初版第1刷発行

サウンディングズ英語英米文学会編

監修者　小 林 章 夫

発行者　福 岡 靖 雄

発行所　株式会社　金 星 堂

（〒101-0051）東京都千代田区神田神保町 3-21
Tel.（03）3263-3828（営業部）
　　（03）3263-3997（編集部）
Fax.（03）3263-0716
http://www.kinsei-do.co.jp

編集担当　佐藤求太　　　　　　　Printed in Japan
印刷所／モリモト印刷　製本所／松島製本
編集協力／めだかスタジオ　装丁／セーボレー睦
本書の内容を無断で複写・複製することを禁じます。
落丁・乱丁本はお取りかえいたします。

©Akio Kobayashi / Tetsu Fujii / Ryoko Doi / Rima Uraguchi / Wataru Nakajima / Makoto Ikeda / Yuki Shimonaga / Yoshiaki Sugiki 2010
ISBN978-4-7647-1106-8

執筆者紹介 (執筆順)

小林　章夫　　上智大学教授
藤井　哲　　　福岡大学教授
土井　良子　　白百合女子大学准教授
浦口　理麻　　上智大学大学院博士後期課程修了
中島　渉　　　明治大学准教授
池田　真　　　上智大学准教授
下永　裕基　　明治大学専任講師
杉木　良明　　上智大学講師